Feitiços [*Charmes*]

Paul Valéry

Feitiços [*Charmes*]

Tradução e estudo
Roberto Zular
Álvaro Faleiros

ILUMINURAS

Título original
Charmes

Copyright © 2020
Roberto Zular e Álvaro Faleiros

Copyright © desta edição
Editora Iluminuras Ltda.

Capa e projeto gráfico
Eder Cardoso / Iluminuras
sobre *Essai de couleur*, de Gustave Moreau [fragmento modificado digitalmente].
Aquarela, guache e grafite sobre papel pergaminho [28,7 × 23 cm], Paris, Museu Gustave Moreau.

Revisão
Jane Pessoa
Monika Vibeskaia

Agradecemos Ana Magda Stradioto Casolato *e*
Rita Jover-Faleiros *pela leitura dos originais*

CIP-BRASIL. CATALOGAÇÃO NA PUBLICAÇÃO
SINDICATO NACIONAL DOS EDITORES DE LIVROS, RJ
V257f

    Valéry, Paul, 1871-1945
       Feitiços [*Charmes*] / Paul Valéry ; tradução Roberto Zular, Álvaro Faleiros. – 1. ed. – São Paulo : Iluminuras, 2020.
    244 p. ; 23 cm.

       Tradução de: *Charmes*
       Edição bilíngue
       ISBN 978-65-5519-062-5

    1. Poesia francesa – História e crítica. I. Zular, Roberto. II. Faleiros, Álvaro. III. Título.

20-67054   CDD: 841
                             CDU: 821.133.1-1.09

2020
EDITORA ILUMINURAS LTDA.
Rua Inácio Pereira da Rocha, 389
05432-011 – São Paulo – SP – Brasil – Tel./Fax: 55 11 3031-6161
iluminuras@iluminuras.com.br
www.iluminuras.com.br

Feitiços [*Charmes*]

Para Marie Zular,

que ao vir do Marrocos
trouxe em sua bagagem essencial
estes poemas de Paul Valéry.

Sumário

VISITA GUIADA AOS *FEITIÇOS* DE PAUL VALÉRY, 13

Roberto Zular
Álvaro Faleiros

Feitiços [*Charmes*]

Aurore
Aurora, 27

Au Platane
Ao Plátano, 37

Cantique des colonnes
Cântico das colunas, 45

L'Abeille
A abelha, 53

Poésie
Poesia, 55

Les Pas
Os passos, 59

La Ceinture
A cintura, 61

La Dormeuse
Aquela que dorme, 63

Fragments du Narcisse
Fragmentos do Narciso, 65
  I
  I, 65
  II
  II, 77
  III
  III, 87

La Pythie
A Pítia, 91

Le Sylphe
O Silfo, 115

L'Insinuant
O insinuante, 117

La Fausse Morte
A falsa morta, 119

Ébauche d'un serpent
Esboço de serpente, 121

Les Grenades
As romãs, 153

Le Vin perdu
O vinho perdido, 155

Intérieur
Interior, 157

Le Cimetière marin
O cemitério marinho, 159

Ode secrète
Ode secreta, 173

Le Rameur
O remador, 177

Palme
Palma, 181

SITUAÇÃO DE VALÉRY NO BRASIL, 191

Roberto Zular
Álvaro Faleiros

RESSONÂNCIAS FEITICEIRAS, 231

Tiganá Santana

CRONOLOGIA DE PAUL VALÉRY, 239

VISITA GUIADA AOS *FEITIÇOS* DE PAUL VALÉRY

Roberto Zular
Álvaro Faleiros

Feitiços. Poucas palavras em português dão conta da ambiguidade intrínseca destes poemas de Valéry. Eles são ao mesmo tempo um "feitio", algo feito, construído, fabricado, e uma "feitiçaria", um canto, um encantamento, algo mágico, imaginário. Ao mesmo tempo um processo e um ritual que se abrem nas mãos, olhos, ouvidos, enfim, nos corpos dos leitores.

Saídos do canteiro de obras em que Valéry produziu *A jovem parca* (1917), os poemas destes *Feitiços* (1922) foram escritos ao longo ou pouco depois da Primeira Guerra Mundial. Se *A jovem parca* é um poema do luto, estes são poemas que nos puxam para fora desse infinito processo de elaboração. A construção da relação com o contexto de uma guerra fratricida é um aspecto crucial deste livro, mas em forte contraponto a esse fundo sombrio, ele fala da paz e do fluxo contínuo da vida. Como diz Valéry em um de seus textos mais famosos: "A paz é uma guerra que admite atos de amor e de criação no seu processo: ela é então algo mais complexo e mais obscuro que a guerra propriamente dita, como a vida é mais obscura e profunda que a morte" (Œ I, p. 994).[1]

Ainda que quase cem anos nos separem de sua publicação, a estratégia de Valéry de escrever poemas deliberadamente antimodernos, às vezes até *démodés*, parece ter surtido efeito. Eles aspiram a um horizonte histórico mais amplo, uma *longue durée*, que possibilitou a invenção de um futuro bastante diferente daquele calcado em uma linha reta que leva da ordem ao progresso.

Seus versos retomam uma prática antiga, alquímica, artesanal, que cria uma outra relação com o tempo. Apostam na sedimentação lenta das palavras que buscam a voz, ou melhor, as vozes que reverberam em muitas direções e entre muitos seres (plantas, animais, humanos, seres míticos, arquitetônicos, imaginários). São versos que se colocam como uma pedra no meio do caminho da compressão do tempo, da ansiedade

---

[1] As referências às Œuvres de Paul Valéry serão mencionadas no corpo do texto como "Œ", seguidas do número de página.

por um futuro que nunca chega. "E como ficou chato ser moderno. Agora serei eterno", diria Drummond!

No ateliê de Valéry, ao longo do processo de escrita destes poemas, é muito comum ver um desdobramento das imagens, dos temas e mesmo dos poemas que brotam uns de dentro dos outros. E por trás dos poemas há muitas vezes cálculos (evidentes nas estrofes de seis decassílabos de "O cemitério marinho" que equivalem a cinco dodecassílabos), algumas vezes imagens ou uma noção vaga do ritmo, outras vezes uma sensação que se alonga a partir de um simples instante ou de uma anotação em um caderno. Tudo vai longamente sendo levado ao seu limite. O limite do que é possível ver, sentir, pensar, imaginar, dobrar-se sobre si mesmo ou até perder-se na escrita sem objetivo algum.

Nos manuscritos de elaboração destes poemas, vemos se formarem listas que são verdadeiras paletas de temas, de ideias, de rimas, de assonâncias, de campos semânticos que, só depois, Valéry, como um pintor, retira do esboço para reanimá-los no corpo de um ou vários poemas. E assim vamos passando continuamente de um plano a outro da composição (cenas de fala, sintaxe, ritmo, métrica, rima, sensações...) como "um rio sem ruptura/ (que) parecia me percorrer"... No caso dos *Feitiços*, um dos pontos cruciais para regular esse processo infinito de reenvios foi a concepção da estrutura do livro, como um outro plano a partir do qual se desenhou uma volta aos poemas, resolvendo mínimos senões de cada camada do processo compositivo.

Se "O cemitério marinho" e o "Esboço de serpente" se tornaram incontornáveis no século XX, hoje "A Pítia" ganha particular relevo, e foi um dos pontos de torção do nosso projeto de tradução. Desenha-se ali uma cena de enunciação em que fala a pitonisa do templo de Delfos. No limiar do transe, ela recebe os eflúvios da terra para transformá-los em cantos (encantos, feitiços) ao unir as suas duas naturezas (corpo e espírito), permitindo uma outra leitura que atravessa de corporalidade as imagens e as formas de pensamento, as forças sob as formas destes *Feitiços*:

> *De meus segredos soam auroras!*
> *Tristes metais, fontes sonoras,*
> *O que dirão desse porvir!*
> *Matem a hora que se avizinha,*
> *Rebatam numa rocha... As minhas*
> *Duas naturezas vão se unir!*

Longe daquele tão conhecido quanto falso Valéry intelectual que confundiram com seu personagem M. Teste, o que vemos aqui é a invenção de um pensamento de outra ordem: sensível, corporal, se desdobrando em imagens, se sustentando no limiar entre a voz e a escuta. Nesse passo, veja-se que não se trata de uma negação do pensamento, mas de outra forma de pensar que potencializa os afetos, as sensações, as experiências. Afinal, como Valéry diz em "Poesia e pensamento abstrato", alguém que só pudesse ser poeta sem nenhuma capacidade de pensamento não poderia ser poeta, assim como "se todos os homens não pudessem viver uma quantidade de outras vidas além da sua, ele não poderia viver a sua".

A impossibilidade de diferir de si mesmo, de ser alguma coisa diferente do que se é, torna-se um mote no pano de fundo secretamente amoroso de "Fragmentos do Narciso". Como crítica voraz ao narcisismo que se reconhece apenas na sua imagem invertida ou no som da própria voz, o poema mostra Narciso perdendo-se, contra a sua vontade, na dissonância entre suas capacidades sensíveis. É essa duplicidade, essa dissonância que, como o amor, o tirariam do seu incansável circuito de autorreferência e estabeleceriam um rastro de alteridade (consigo mesmo e com os outros): "Ah! Corpo miserável, é tempo de aliança…".

Ao longo dos poemas, o corpo vai se mostrando como um atravessamento de corpos, assim como a vida é um atravessamento de muitos mundos diferentes entre si e a poesia uma forma de inventar novas conexões entre esses mundos. Ela inventa outros modos de relação com a natureza, outros modos de habitar a linguagem, outras formas de pensamento, outros regimes de imaginação. E não se trata de uma multiplicidade sensível organizada por uma unidade intelectiva como por tanto tempo se pensou, mas de dois (ou mais!) campos heterogêneos (o som e o sentido, o verso e a sintaxe, o ritmo e a rima, o corpo e o espírito, o mítico e o poético) que se cruzam ressignificando-se reciprocamente. É o que vemos em uma estrofe magistral de "O cemitério marinho", onde o gozo, a boca, a fruta, a ausência, o futuro, o passado, o canto, a vida e a morte se determinam mutuamente:

> *E assim como em gozo se derrete a fruta,*
> *Como em delícia sua ausência se transmuta*
> *Numa boca onde morre o que ela formou,*
> *Eu aqui fumo o meu futuro que se esfuma,*
> *E o céu canta à alma que toda se consuma*
> *A transformação das margens em rumor.*

O mesmo ocorre em "Aurora", onde a transformação contínua entre os limites das margens e o limiar dos rumores se perfaz por uma passagem sempre ambígua entre a noite e o dia, o sono e a vigília, a presença e a ausência, a percepção e a imagem, o inconsciente e o consciente, um mundo falante e uma fala que é atravessada por diferentes mundos. Em "Aurora" também estão cifrados todos os temas dos *Feitiços*. Quando lemos o poema, essas múltiplas instâncias reverberam naquela hora do dia em que Valéry por mais de cinquenta anos acordava para escrever os seus famosos *cadernos* e muitos dos poemas deste livro.

Talvez seja mais do que mera curiosidade biográfica saber que Valéry produziu parte dos *Feitiços* em uma casa de campo rodeada de imensas árvores, atravessada por um pequeno rio e próxima ao mar, de onde ele escreve em uma carta: "Eu descia de manhã ali, antes da aurora. Eu tinha os pés descalços sobre a relva gelada. O primeiro momento do dia exerce sobre meus nervos uma potência singular [...]. Você não pode imaginar as manhãs que passei durante dois ou três meses de verão, nessa rica região onde a grande árvore cresce como a relva, onde a relva é incrivelmente forte e fácil, onde a potência vegetal é inesgotável" (Œ I, p. 1655). Qualquer semelhança com o final de "O Plátano" não é mera coincidência:

> — *Diz a árvore: Não! Diz pelo resplandecer*
> *De sua cabeça altiva,*
> *Que a tempestade trata como todo ser*
> *Assim como faz com a relva!*

A potência inesgotável do mundo vegetal, como de outros mundos (animal ou imaginário), são fluxos da relação do pensamento e da linguagem com o que há de vegetal, animal, imagético nas potências corporais. É um corpo e uma linguagem que reverberam outros corpos. As coisas do espírito se constituem na relação entre o corpo e o mundo. Só há "contato" com a natureza se antes houver contato com o próprio corpo, um corpo capaz de ouvir a sua própria natureza e reverberar outras, ouvir sua própria respiração e respirar com as plantas, ouvir sua própria linguagem atravessada pela voz de outros modos de existência.

Nas metamorfoses corporais e vocálicas do "Esboço de serpente" ("serpent" é uma palavra masculina em francês), vemos muito desse jogo sinestésico em movimento. É toda uma gama de inflexões da voz e de correlações sensíveis que envolvem o jogo de sedução entre serpente e Eva. Por exemplo, quando se mostra "presente como um odor,/ Como o aroma de uma ideia" ou quando "de uma saliva surpreendente,/ Sistemas leves são tecidos" ou ainda quando pede: "Cede, ó corpo, a esse enlace! [...] a sede de metamorfoses", "tua nuança já varia". São essas variações, essas metamorfoses, as inflexões da voz que colocam em xeque a metafísica divina, posto que até Deus não aguentou ficar consigo mesmo e precisou criar o mundo: "o universo é só um defeito/ Na pureza do Não-ser!". Como um contramito da queda do paraíso (como "Fragmentos do Narciso" é, até por estar posto em fragmentos, uma busca do "antinarciso"), salta aqui o gozo de comer do fruto do saber (e não ter medo ou culpa de outras formas de pensar, ouvir, sentir...):

> *Não ouças o Ser velho e puro*
> *Que maldiz a breve mordida*
> *Se a tua boca em sonho vertida,*
> *Sonha a sede com a sorvida seiva;*
> *Esse prazer quase futuro*
> *É a eternidade fundindo, Eva!*

Essa metamórfica arte das passagens aparece por todo o livro, ainda que tendo que lidar com a angústia do nada ou do vazio de sentido. E é aí que as cenas de fala ganham ainda mais força. Seja na voz das árvores (Plátano ou palma) que se sustentam entre o húmus que as puxa pelas raízes e a luz que as projeta em direção ao céu, seja na voz das colunas que transforma seu gesto arquitetônico em canto no poema. Assim como se passa da voz que existe à voz que vem e deve vir e "que sabe quando soa também/ não ser a voz de ninguém/ como das pedras e dos bosques", como lemos ao final de "A Pítia". Essa voz das coisas e a voz como coisa, voz como limiar entre o corpo e a linguagem, essa fala dos seres que buscam sua secreta arquitetura no interior intrincado de "As romãs".

São esses muitos seres que falam mesmo para dizer "Não", como vimos com a árvore orgulhosa que resiste à arrogância e à destruição tão humanas. O ser humano aqui é visto como um ser prepotente que, apesar de suas admiráveis invenções, é incapaz de perceber seu lugar no coro pânico de um mundo que ele destrói desastrosamente. Sobre os destroços da guerra e do planeta — "o tempo do mundo finito começa" —, trata-se de tentar salvar o mundo, a própria natureza, a partir de uma ecologia das palavras que é um outro modo de habitar esse mesmo mundo que faz com que tatilmente a gente "sinta o peso de uma palma/ Da palmeira em profusão!".

O anacronismo deliberado de Valéry encontra-se aqui com antigas formas de vida e de feitiços que precisam ser, ao seu modo, protegidas como formas de biodiversidade. Elas tentam dar vida a esses mundos em extinção, entre eles a própria poesia, para que o rolo compressor da modernidade não achate e torne homogêneas todas as experiências. Pode ser um gesto desesperado, como aquele de jogar o vinho no mar ("O vinho perdido"), que se dissolve para se converter nas "formas as mais profundas". Assim como, em outra direção, as ondas jorram junto ao corpo e o fazem voltar à vida como acontece no final de "O cemitério marinho".

E quando se fala em vida aqui, não se trata de uma oposição à morte, mas sim de uma "nova morte mais preciosa do que a vida", como lemos em "A falsa morta", porque se trata daquilo que deve morrer para que haja vida, da morte que esculpe o vivente "que desde sempre recomeça". Esses movimentos entre o cemitério e o mar (morte e vida, destruição e criação) em um contínuo em transformação desenham inúmeras posições subjetivas, como se o poema fosse um grande ensaio sobre os modos de se colocar diante dessa condição: desde o sujeito como uma "secreta variação" no mundo parado sob o sol a pino até o corpo-sujeito que se mistura à variação do movimento das ondas, como se fosse a embreagem entre duas variações, do mundo e do sujeito, em meio às quais se desenha um eu oblíquo, um "mim", que difere de si mesmo e se reinventa nas dobras do mundo.

É interessante ver como esse movimento das posições subjetivas se objetiva pelos muitos seres diferentes que habitam estes poemas. Narciso, ninfas, silfos, deuses ou mesmo Deus são presenças invisíveis ou etéreas, formas sutis que nos permitem acessar camadas mais finas da experiência, onde o influxo das coisas se faz imagens. São modos de existência que não são nem subjetivos nem objetivos, nem corpo nem alma, mas que se configuram, como a linguagem, na relação entre eles.

Bonito também ver a potência das figuras femininas na construção desse outro mundo de imagens, de potência das relações entre o corpo, o espírito e o mundo. Narciso se vê atravessado por ninfas (que o salvam da sua "selfie" infinita), Eva é a potência do desejo que fura a voz divina, e a Pítia abre o grande caminho do corpo no corpo da linguagem. Também na cenografia de "Aquela que dorme" quem a vê se imiscui no seu sono de olhos abertos, como se fundisse o sono e a vigília no jogo entre os dois.

Esse duplo movimento marca muitos dos poemas, como vemos em "O remador", que tenta se manter na superfície da água — como das palavras — mas afunda para uma outra dimensão. Assim também o movimento de "A cintura", que revela o observador, fazendo com que a sua presença se desfaça em uma quase ausência, assim como desdobra a possibilidade de encontro em um melancólico erotismo que beira a solidão.

Importante notar como nesse movimento das perspectivas nos poemas, o verso cria um estado de excitação e espera explicitamente trabalhado na pequena poética feita em poema de "Os passos": "Não apressa esta atitude terna,/ Em doce ser e não ser passo,/ Pois que vivi de vossa espera, /E pus meu peito em vossos passos". Essa grande questão poética e metafísica do verso — junto com a extraordinária recepção de Valéry entre os tradutores e poetas brasileiros —, que discutimos em "Situação de Valéry no Brasil", posfácio deste livro, pode ser resumida como a necessidade de manter ao máximo a "hesitação prolongada entre o som e o sentido". Mas não se confunda hesitação com dúvida, pois a força do poema está na necessidade fatal de atravessar a hesitação por um ato que mantenha sua potência, mesmo após realizado, como vemos em "A abelha":

> *Preciso agora de um tormento:*
> *Um mal vivo e bem terminado*
> *Supre um suplício sonolento!*
>
> *Então meu senso é iluminado*
> *Pelo brilho deste ínfimo alerta*
> *Sem ele o Amor morre ou aquieta!*

Entre o prolongamento infinito da hesitação e a necessidade do ato, vemos o lugar do poema como em "Poesia" ou "Ode secreta". Poema que, no entanto, na sua forte raiz simbolista, deve apenas evocar os mundos que às vezes quase incompreensivelmente aciona. O poema aspira ao "claro enigma", busca aquele ponto de opacidade que permite a reinvenção pelo leitor da multiplicidade de sentidos (em todos os sentidos) e dos movimentos mais sutis que continuam latentes na explosão da abertura de "As romãs", quando não são escravizados pelo olhar, pela pura inteligência que anula o "Interior".

Ao longo do livro nos tornamos os remadores habitantes do barco do poema no fluxo do rio corrente da linguagem. Somos a "terceira margem do rio", esse lugar equívoco, onde os sentidos se multiplicam, as metáforas são corpos e os corpos, linguagem. Signos de algo que apenas se insinua, evoca possibilidades, alerta para a linguagem dentro da linguagem, como para os mundos dentro do mundo.

Que o leitor destes poemas possa passear em português, como nós passeamos entre as duas línguas por mais de sete anos, produzindo novos corpos, novas sensações, desejos, rimas que pudessem sustentar a hesitação prolongada entre tantos sons e tantos sentidos, entre tantas linguagens e tantos mundos, entre nós e vocês, com quem agora formamos um só e múltiplo Valéry.

Feitiços [*Charmes*]

Deducere carmen

Aurore

à Paul Poujaud

La confusion morose
Qui me servait de sommeil,
Se dissipe dès la rose
Apparence du soleil.
Dans mon âme je m'avance,
Tout ailé de confiance:
C'est la première oraison!
À peine sorti des sables,
Je fais des pas admirables
Dans les pas de ma raison.

Salut! encore endormies
À vos sourires jumeaux,
Similitudes amies
Qui brillez parmi les mots!
Au vacarme des abeilles
Je vous aurai par corbeilles,
Et sur l'échelon tremblant
De mon échelle dorée,
Ma prudence évaporée
Déjà pose son pied blanc.

Aurora

a Paul Poujaud

Essa confusão morosa
Que de sono me servia,
Se dissipa desde a rosa
Com que o sol se parecia.
Em minha alma o eu avança,
Todo alado de confiança:
Eis a primeira oração!
Das areias mal eu saio,
Notáveis passos ensaio
Nos passos da minha razão.

Saúdo! Ainda adormecidas
Aos vossos sorrisos iguais,
Similitudes amigas
Que entre as palavras brilhais!
No barulho das abelhas
Eu vos terei por corbelhas,
E sobre o escalão tremente
De minha escala dourada,
Minha prudência evaporada
Seu pé claro já estende.

Quelle aurore sur ces croupes
Qui commencent de frémir!
Déjà s'étirent par groupes
Telles qui semblaient dormir:
L'une brille, l'autre bâille;
Et sur un peigne d'écaille
Égarant ses vagues doigts,
Du songe encore prochaine,
La paresseuse l'enchaîne
Aux prémisses de sa voix.

Quoi! c'est vous, mal déridées!
Que fîtes-vous, cette nuit,
Maîtresses de l'âme, Idées,
Courtisanes par ennui?
— Toujours sages, disent-elles,
Nos présences immortelles
Jamais n'ont trahi ton toit!
Nous étions non éloignées,
Mais secrètes araignées
Dans les ténèbres de toi!

É a aurora nas garupas
Que começam a fremir!
E se espreguiçam em grupos
As que fingiam dormir:
Uma boceja, a outra esplende;
Nas escamas de um pente
Correm dedos entre os nós,
Do sonho que perto passa,
A preguiçosa o enlaça
Nas premissas de sua voz.

Quê! sois vós, assim tão feias!
Chegando só de manhã?
Senhoras da alma, Ideias,
Por tédio são cortesãs?
— Tão sábias, dizem-se as tais,
Nossas presenças imortais
Jamais traíram teu teto!
Nas trevas de tuas entranhas,
Como secretas aranhas
Nós estávamos por perto!

Ne seras-tu pas de joie
Ivre! à voir de l'ombre issus
Cent mille soleils de soie
Sur tes énigmes tissus?
Regarde ce que nous fîmes:
Nous avons sur tes abîmes
Tendu nos fils primitifs,
Et pris la nature nue
Dans une trame ténue
De tremblants préparatifs...

Leur toile spirituelle,
Je la brise, et vais cherchant
Dans ma forêt sensuelle
Les oracles de mon chant.
Être! Universelle oreille!
Toute l'âme s'appareille
À l'extrême du désir...
Elle s'écoute qui tremble
Et parfois ma lèvre semble
Son frémissement saisir.

Mas não estarás bêbada
De alegria! ao ver saídos
Da sombra mil sóis de seda
Em teus enigmas tecidos?
Veja bem o que fizemos:
Sobre os teus abismos temos
Urdido fios primitivos,
Nua a natura amalgama
No mais tênue de uma trama
De trêmulos preparativos...

Sua telha espiritual,
Eu a quebro, e vou buscando,
Na floresta sensual
Oráculos do meu canto.
Ser! Universal orelha!
Toda alma se aparelha
No extremo do desejo...
Ela se escuta estremecer
E meu lábio crê reter
Do seu tremor o ensejo.

Voici mes vignes ombreuses,
Les berceaux de mes hasards!
Les images sont nombreuses
À l'égal de mes regards…
Toute feuille me présente
Une source complaisante
Où je bois ce frêle bruit…
Tout m'est pulpe, tout amande,
Tout calice me demande
Que j'attende pour son fruit.

Je ne crains pas les épines!
L'éveil est bon, même dur!
Ces idéales rapines
Ne veulent pas qu'on soit sûr:
Il n'est pour ravir un monde
De blessure si profonde
Qui ne soit au ravisseur
Une féconde blessure,
Et son propre sang l'assure
D'être le vrai possesseur.

Eis minhas vinhas umbrosas,
Nino acasos nesses lugares!
São imagens numerosas
Assim como meus olhares...
Toda folha aqui presente
É uma fonte complacente
Onde bebo esse rumor...
Tudo é polpa, amêndoa, tudo,
Todo cálice num clamor
Quer que eu espere seu fruto.

Não! Não receio os espinhos!
Acordar é bom, e é duro!
Esses ideais mesquinhos
Não querem ninguém seguro:
Não se arrebata um mundo
De ferida tão profunda
Sem que seja o usurpador
Uma fecunda ferida,
Só seu sangue o incita
A ser seu possuidor.

J'approche la transparence
De l'invisible bassin
Où nage mon Espérance
Que l'eau porte par le sein.
Son col coupe le temps vague
Et soulève cette vague
Que fait un col sans pareil…
Elle sent sous l'onde unie
La profondeur infinie,
Et frémit depuis l'orteil.

A transparência alcança
A invisível bacia
Onde nada a Esperança
Que a água me trazia.
Seu colo corta a hora vaga
E soergue esta vaga
Que um colo sem igual fez...
Sente sob a onda unida
A profundeza infinda,
E estremece desde os pés.

Au Platane

à André Fontainas

Tu penches, grand Platane, et te proposes nu,
    Blanc comme un jeune Scythe,
Mais ta candeur est prise, et ton pied retenu
    Par la force du site.

Ombre retentissante en qui le même azur
    Qui t'emporte, s'apaise,
La noire mère astreint ce pied natal et pur
    À qui la fange pèse.

De ton front voyageur les vents ne veulent pas;
    La terre tendre et sombre,
Ô Platane, jamais ne laissera d'un pas
    S'émerveiller ton ombre!

Ce front n'aura d'accès qu'aux degrés lumineux
    Où la sève l'exalte;
Tu peux grandir, candeur, mais non rompre les nœuds
    De l'éternelle halte!

Ao Plátano

a André Fontainas

Te inclinas, grande Plátano, e surges despido,
    Como um jovem da Cítia,
Alvo, mas tens o candor preso e o pé retido
    Pela força do sítio.

A sombra ressonante ali onde o azul vai
    Se acalmar, sopesa,
Esse pé natal e puro que a sombria mãe contrai
    E a quem a lama pesa.

Tua face viajante os ventos não querem mais;
    A tenra terra na penumbra,
Fica apenas a um passo de não deixar jamais
    Que se encante a tua sombra!

Esse rosto acederá a graus luminosos
    Lá onde a seiva exalta-o;
Podes crescer, candor, mas sem romper os nossos
    Nós, do eterno alto!

Pressens autour de toi d'autres vivants liés
  Par l'hydre vénérable;
Tes pareils sont nombreux, des pins aux peupliers,
  De l'yeuse à l'érable,

Qui, par les morts saisis, les pieds échévelés
  Dans la confuse cendre,
Sentent les fuir les fleurs, et leurs spermes ailés,
  Le cours léger descendre.

Le tremble pur, le charme, et ce hêtre formé,
  De quatre jeunes femmes,
Ne cessent point de battre un ciel toujours fermé,
  Vêtus en vain de rames.

Ils vivent séparés, ils pleurent confondus
  Dans une seule absence,
Et leurs membres d'argent sont vainement fendus
  À leur douce naissance.

Quand l'âme lentement qu'ils expirent le soir
  Vers l'Aphrodite monte,
La vierge doit dans l'ombre, en silence, s'asseoir,
  Toute chaude de honte.

Pressentes em volta outros viventes unidos
     Pela hidra que adorávamos;
São muitos teus semelhantes, de bordos a pinhos,
     De carvalhos a álamos,

Que, presos pelos mortos, com os pés atados
     Nas cinzas confundidas,
Sentem flores em fuga, e seus espermas alados,
     Tão leves nas descidas.

O tremor puro, o feitiço, e o fícus formado,
     De quatro jovens damas,
Não param de bater num céu sempre fechado,
     Em vão vestidos por ramas.

E vivem separados, choram, se confundem
     Em uma só ausência,
E os seus membros de prata eis que em vão se fundem
     Na sua doce nascença.

Quando à noite a alma que expiram lentamente
     Até Afrodite erguida,
A virgem deve à sombra sentar-se, silente,
     Ardendo constrangida.

Elle se sent surprendre, et pâle, appartenir
    À ce tendre présage
Qu'une présente chair tourne vers l'avenir
    Par un jeune visage...

Mais toi, de bras plus purs que les bras animaux,
    Toi qui dans l'or les plonges,
Toi qui formes au jour le fantôme des maux
    Que le sommeil fait songes,

Haute profusion de feuilles, trouble fier
    Quand l'âpre tramontane
Sonne, au comble de l'or, l'azur du jeune hiver
    Sur tes harpes, Platane,

Ose gémir!... Il faut, ô souple chair du bois,
    Te tordre, te détordre,
Te plaindre sans rompre, et rendre aux vents la voix
    Qu'ils cherchent en désordre!

Flagelle-toi!... Parais l'impatient martyr
    Qui soi-même s'écorche,
Et dispute à la flamme impuissante à partir
    Ses retours vers la torche!

Surpreende-se, e pálida, se deixa possuir
  Por um presságio doce
Que uma presente carne dirige ao porvir
  Por uma jovem face...

Tu, de braços mais puros que os de um animal
  No ouro lhes dás um banho,
Tu que formas de dia fantasmas do mal
  Que o sono transforma em sonho,

Grande enxame de folhas, orgulhoso rebuliço
  Quando o áspero vento, alto,
No ápice de ouro, soa o azul do jovem solstício
  Sobre tuas harpas, Plátano,

Ai, deves gemer!... Ó carne tenra do bosque,
  Te torcer e retorcer,
Queixar-te sem romper; dar aos ventos a voz que
  No caos buscam entrever!

E flagela-te!... Como o impaciente mártir
  Que a si mesmo escorcha,
E disputas com a chama que não pode partir
  O retorno à tocha!

Afin que l'hymne monte aux oiseaux qui naîtront,
Et que le pur de l'âme
Fasse frémir d'espoir les feuillages d'un tronc
Qui rêve de la flamme,

Je t'ai choisi, puissant personnage d'un parc,
Ivre de ton tangage,
Puisque le ciel t'exerce, et te presse, ô grand arc,
De lui rendre un langage!

Ô qu'amoureusement des Dryades rival,
Le seul poète puisse
Flatter ton corps poli comme il fait du Cheval
L'ambitieuse cuisse!...

— Non, dit l'arbre. Il dit: Non! par l'étincellement
De sa tête superbe,
Que la tempête traite universellement
Comme elle fait une herbe!

Para que o hino suba aos pássaros que nascem,
E que a pureza da alma
Faça tremer de tanta esperança a folhagem
Do tronco a sonhar com a flama,

Te escolhi no parque, personagem imensa,
Bêbado com tua arfagem,
Grande arco, o céu te exerce e também te apressa
Para obter uma linguagem!

Das Dríades rival, mas sem deixar de amar,
Somente o poeta possa
O teu corpo, como o do cavalo, alisar
A coxa ambiciosa!...

— Diz a árvore: Não! Diz pelo resplandecer
De sua cabeça altiva,
Que a tempestade trata como todo ser
Tal como faz com a relva!

Cantique des colonnes

à Léon-Paul Fargue

Douces colonnes, aux
Chapeaux garnis de jour,
Ornés de vrais oiseaux
Qui marchent sur le tour,

Douces colonnes, ô
L'orchestre de fuseaux!
Chacun immole son
Silence à l'unisson.

— Que portez-vous si haut,
Égales radieuses?
— Au désir sans défaut
Nos grâces studieuses!

Nous chantons à la fois
Que nous portons les cieux!
Ô seule et sage voix
Qui chantes pour les yeux!

Cântico das colunas

a Léon-Paul Fargue

Ó colunas suaves,
Com chapéus que irradiam,
Ornadas pelas aves
Que ao seu redor caminham,

Doces colunas, festa
De fusos, ó orquestra!
Cada um dá em sacrifício
Seu silêncio em uníssono.

— Que levam às alturas,
Ó iguais radiosas?
— Ao desejo sem fissuras
As graças estudiosas!

Cantamos todos nós
Que acolhemos os céus!
Ó! Só e sábia voz,
Cantas aos olhos meus!

Vois quels hymnes candides!
Quelle sonorité
Nos éléments limpides
Tirent de la clarté!

Si froides et dorées
Nous fûmes de nos lits
Par le ciseau tirées,
Pour devenir ces lys!

De nos lits de cristal
Nous fûmes éveillées,
Des griffes de métal
Nous ont appareillées.

Pour affronter la lune,
La lune et le soleil,
On nous polit chacune
Comme ongle de l'orteil!

Servantes sans genoux,
Sourires sans figures,
La belle devant nous
Se sent les jambes pures.

Veja que ternos hinos!
E que sonoridade
Os elementos límpidos
Tiram da claridade!

Tão frias e douradas
Fomos de nossos leitos
Pelo cinzel retiradas,
E em flor-de-lis refeitas!

Dos leitos de cristal
Nós fomos acordadas,
Com garras de metal
Fomos aparelhadas.

Para afrontar as luas,
Sol e lua de uma vez,
Nos poliram as duas
Como as unhas dos pés!

Serviçais sem joelhos,
Sorrisos sem figuras,
A bela ante nossos olhos
Sente ter pernas puras.

Pieusement pareilles,
Le nez sous le bandeau
Et nos riches oreilles
Sourdes au blanc fardeau,

Un temple sur les yeux
Noirs pour l'éternité,
Nous allons sans les dieux
À la divinité!

Nos antiques jeunesses,
Chair mate et belles ombres,
Sont fières des finesses
Qui naissent par les nombres!

Filles des nombres d'or,
Fortes des lois du ciel,
Sur nous tombe et s'endort
Un dieu couleur de miel.

Il dort content, le Jour,
Que chaque jour offrons
Sur la table d'amour
Étale sur nos fronts.

Piamente parelhas,
Com o nariz em resguardo
Nossas ricas orelhas
Surdas ao branco fardo,

Com um templo no olhar
Sombrio para eternidade,
Sem deuses vamos chegar
Até a divindade!

Velhos jovens, beleza
Sombria, carne dura,
Do que nasce da fineza
Dos números se orgulha!

Filhas do áureo número,
Fortes das leis do céu,
Dorme em nosso túmulo
Um deus com a cor de mel.

O Dia, dorme sem dor,
Cada dia renasce
Sobre a mesa do amor
Que espalha em nossa face.

Incorruptibles sœurs,
Mi-brûlantes, mi-fraîches,
Nous prîmes pour danseurs
Brises et feuilles sèches,

Et les siècles par dix,
Et les peuples passés,
C'est un profond jadis,
Jadis jamais assez!

Sous nos mêmes amours
Plus lourdes que le monde
Nous traversons les jours
Comme une pierre l'onde!

Nous marchons dans le temps
Et nos corps éclatants
Ont des pas ineffables
Qui marquent dans les fables…

Incorruptas meninas
Meio ardentes e frescas,
Tomamos por dançarinas
Brisas e folhas secas,

E os séculos de demora,
E os povos do passado,
Só um profundo outrora,
Outrora nunca acabado!

Sob aqueles que amamos
Que pesam mais que o mundo
Os dias atravessamos
Como uma pedra a onda!

No tempo caminhantes
Nossos corpos radiantes,
Seus inefáveis passos
Nas fábulas são rastros...

L'Abeille

à Francis de Miomandre

Quelle, et si fine, et si mortelle,
Que soit ta pointe, blonde abeille,
Je n'ai, sur ma tendre corbeille,
Jeté qu'un songe de dentelle.

Pique du sein la gourde belle
Sur qui l'Amour meurt ou sommeille,
Qu'un peu de moi-même vermeille
Vienne à la chair ronde et rebelle!

J'ai grand besoin d'un prompt tourment:
Un mal vif et bien terminé
Vaut mieux qu'un supplice dormant!

Soit donc mon sens illuminé
Par cette infime alerte d'or
Sans qui l'Amour meurt ou s'endort!

A abelha

a Francis de Miomandre

Quão fino e fatal se estenda
O teu ferrão, ó loira abelha,
Sobre minha tenra corbelha,
Só lancei um sonho de renda.

Teu seio pica a bela inerte,
Onde o Amor morre ou adormece,
Que o pouco de mim que enrubesce
Venha à carne curva e rebelde!

Preciso agora de um tormento:
Um mal vivo e bem terminado
Supre um suplício sonolento!

Então meu senso é iluminado
Pelo brilho deste ínfimo alerta
Sem ele o Amor morre ou aquieta!

Poésie

Par la surprise saisie,
Une bouche qui buvait
Au sein de la Poésie
En sépare son duvet:

— Ô ma mère Intelligence,
De qui la douceur coulait,
Quelle est cette négligence
Qui laisse tarir son lait!

À peine sur ta poitrine,
Accablé de blancs liens,
Me berçait l'onde marine
De ton cœur chargé de biens;

À peine, dans ton ciel sombre,
Abattu sur ta beauté,
Je sentais, à boire l'ombre,
M'envahir une clarté!

Dieu perdu dans son essence,
Et délicieusement
Docile à la connaissance
Du suprême apaisement,

Poesia

Tomada pelas surpresas,
Uma boca que bebia
Se separa de suas penas
No seio da Poesia:

— Ó minha mãe Inteligência,
De onde vinha o doce deleite,
Qual é dessa negligência
Que deixa secar seu leite!

Teu peito mal me continha,
Premido em branca união,
Me embalava a onda marinha
De teu lauto coração;

Apenas, em teu céu turvo,
Abatido em tua beleza,
Sentia, sombra que sorvo,
Me invadir uma clareza!

Deus perdido em seu intento,
E em seu deliciar-se,
Dócil ao conhecimento
Do supremo apaziguar-se.

Je touchais à la nuit pure,
Je ne savais plus mourir,
Car un fleuve sans coupure
Me semblait me parcourir...

Dis, par quelle crainte vaine,
Par quelle ombre de dépit,
Cette merveilleuse veine
À mes lèvres se rompit?

Ô rigueur, tu m'es un signe
Qu'à mon âme je déplus!
Le silence au vol de cygne
Entre nous ne règne plus!

Immortelle, ta paupière
Me refuse mes trésors,
Et la chair s'est faite pierre
Qui fut tendre sous mon corps!

Des cieux même tu me sèvres,
Par quel injuste retour?
Que seras-tu sans mes lèvres?
Que serai-je sans amour?

Mais la Source suspendue
Lui répond sans dureté:
— Si fort vous m'avez mordue
Que mon cœur s'est arrêté!

Eu tocava a noite pura,
Não sabia mais morrer,
Pois um rio sem ruptura
Parecia percorrer-me...

Diz, por que crença vazia,
Por que sombra ressentida,
A veia que maravilha
Nos meus lábios foi rompida?

Ó rigor, ó signo insigne
Que à minha alma não apraz!
O silêncio, voo de cisne,
Entre nós não reina mais!

Dos meus tesouros me veda
A tua pálpebra eterna
E a carne que se fez pedra
Sob o meu corpo foi terna!

Por quais injustos atalhos
Dos céus vens e me desmamas?
O que serás sem meus lábios?
O que serei se não me amas?

Mas, suspendida, a Fonte
Sem dureza retrucou:
— Me mordeste assim tão forte
Que meu coração parou!

Les Pas

Tes pas, enfants de mon silence,
Saintement, lentement placés,
Vers le lit de ma vigilance
Procèdent muets et glacés.

Personne pure, ombre divine,
Qu'ils sont doux, tes pas retenus!
Dieux!... tous les dons que je devine
Viennent à moi sur ces pieds nus!

Si, de tes lèvres avancées,
Tu prépares pour l'apaiser,
À l'habitant de mes pensées
La nourriture d'un baiser,

Ne hâte pas cet acte tendre,
Douceur d'être et de n'être pas,
Car j'ai vécu de vous attendre,
Et mon cœur n'était que vos pas.

Os passos

Teus passos, meu silêncio cria,
Santa e lentamente pousados
Ao leito da minha vigília
Procedem mudos e gelados.

Ente puro, vulto divino,
São doces teus passos contidos!
Deuses!... os mil tons que advinho
Vêm a mim sobre pés despidos!

Se, com teu lábio em movimento,
Vens acalmar este desejo
De quem me habita o pensamento
Com o alimento de um beijo,

Não apressa esta atitude terna,
Em doce ser e não ser passo,
Pois que vivi de vossa espera
E pus meu peito em vossos passos.

La Ceinture

Quand le ciel couleur d'une joue
Laisse enfin les yeux le chérir
Et qu'au point doré de périr
Dans les roses le temps se joue,

Devant le muet de plaisir
Qu'enchaîne une telle peinture,
Dans une Ombre à libre ceinture
Que le temps est près de saisir.

Cette ceinture vagabonde
Fait dans le souffle aérien
Frémir le suprème lien
De mon silence avec ce monde...

Absent, présent... Je suis bien seul,
Et sombre, ô suave linceul.

A cintura

Quando o céu com a cor da face
Deixa os olhos amá-lo enfim
E em um ponto perto do fim
Nas rosas o tempo refaz-se,

Ante alguém mudo de prazer
Que encadeia uma tal pintura,
Numa Sombra, solta cintura,
Que o tempo quase vai conter.

Cintura em andar vagabundo
Num sopro aéreo estremece
Esse supremo fio que tece
O meu silêncio com o mundo...

Presente, ausente... Eu solitário,
E sombrio, ó doce sudário.

La Dormeuse

à Lucien Fabre

Quels secrets dans mon cœur brûle ma jeune amie,
Âme par le doux masque aspirant une fleur?
De quels vains aliments sa naïve chaleur
Fait ce rayonnement d'une femme endormie?

Souffle, songes, silence, invincible accalmie,
Tu triomphes, ô paix plus puissante qu'un pleur,
Quand de ce plein sommeil l'onde grave et l'ampleur
Conspirent sur le sein d'une telle ennemie.

Dormeuse, amas doré d'ombres et d'abandons,
Ton repos redoutable est chargé de tels dons,
Ô biche avec langueur longue auprès d'une grappe,

Que malgré l'âme absente, occupée aux enfers,
Ta forme au ventre pur qu'un bras fluide drape,
Veille; ta forme veille, et mes yeux sont ouverts.

Aquela que dorme

a Lucien Fabre

Quais segredos me queimam por dentro, minha amiga?
A alma qual doce máscara aspirando a flor?
De que vãos alimentos seu ingênuo calor
Faz com que brilhe uma mulher adormecida?

Sopro, sonhos, silêncio, invencível calmaria,
Tu triunfas, ó paz, mais potente que um choro,
Se a onda grave e a amplidão do pleno sono
Conspiram sobre o seio de tal inimiga.

Dorme, soma dourada de sombras e abandonos,
O teu grave repouso se enche de tais dons,
Corça lânguida e lassa, até um cacho se move,

Embora a alma se ausente em infernais projetos,
Puro ventre, tua forma, que um braço fluido envolve,
Vela; tua forma vela, e eu de olhos abertos.

Fragments du Narcisse

I

Cur aliquid vidi?

Que tu brilles enfin, terme pur de ma course!

Ce soir, comme d'un cerf, la fuite vers la source
Ne cesse qu'il ne tombe au milieu des roseaux,
Ma soif me vient abattre au bord même des eaux.
Mais, pour désaltérer cette amour curieuse,
Je ne troublerai pas l'onde mystérieuse:
Nymphes! si vous m'aimez, il faut toujours dormir!
La moindre âme dans l'air vous fait toutes frémir;
Même, dans sa faiblesse, aux ombres échappée,
Si la feuille éperdue effleure la napée,
Elle suffit à rompre un univers dormant...
Votre sommeil importe à mon enchantement,
Il craint jusqu'au frisson d'une plume qui plonge!
Gardez-moi longuement ce visage pour songe
Qu'une absence divine est seule à concevoir!
Sommeil des nymphes, ciel, ne cessez de me voir!

Fragmentos do Narciso

I

Cur aliquid vidi?

Que brilhes enfim, termo puro de meu curso!

À noite, a fuga rumo à fonte, qual um corço,
Só acaba quando em meio aos juncos desaba,
Vem me abater a sede ali à beira d'água.
Mas, para saciar essa paixão curiosa,
Eu não perturbarei a onda misteriosa:
Ninfas! Vocês me amam? Então devem dormir!
A menor alma no ar as faz todas fremir;
Se, mesmo sendo frágil, das sombras se desloque
Uma folha perdida e roce a ninfa do bosque,
Sozinha ela rompe um universo dormente...
Do seu sono meu encanto é dependente,
Teme até o tremor da pluma que afunda!
Guardem-me este rosto em um sonho profundo
Que só deuses ausentes podem conceber!
Sono das ninfas, céu, não cesse de me ver!

Rêvez, rêvez de moi!... Sans vous, belles fontaines,
Ma beauté, ma douleur, me seraient incertaines.
Je chercherais en vain ce que j'ai de plus cher,
Sa tendresse confuse étonnerait ma chair,
Et mes tristes regards, ignorants de mes charmes,
À d'autres que moi-même adresseraient leurs larmes...

Vous attendiez, peut-être, un visage sans pleurs,
Vous calmes, vous toujours de feuilles et de fleurs,
Et de l'incorruptible altitude hantées,
Ô Nymphes!... Mais docile aux pentes enchantées
Qui me firent vers vous d'invincibles chemins,
Souffrez ce beau reflet des désordres humains!

Heureux vos corps fondus, Eaux planes et profondes!
Je suis seul!... Si les Dieux, les échos et les ondes
Et si tant de soupirs permettent qu'on le soit!
Seul!... mais encor celui qui s'approche de soi
Quand il s'approche aux bords que bénit ce feuillage...
Des cimes, l'air déjà cesse le pur pillage;
La voix des sources change, et me parle du soir;
Un grand calme m'écoute, où j'écoute l'espoir.
J'entends l'herbe des nuits croître dans l'ombre sainte,
Et la lune perfide élève son miroir
Jusque dans les secrets de la fontaine éteinte...
Jusque dans les secrets que je crains de savoir,
Jusque dans le repli de l'amour de soi-même,
Rien ne peut échapper au silence du soir...
La nuit vient sur ma chair lui souffler que je l'aime.

Sonhem, sonhem comigo!... Sem vocês, belas fontes,
Minha dor e beleza, seriam oscilantes.
O que me é mais caro em vão eu buscaria,
Sua confusa ternura minha carne espantaria;
E meus olhares tristes que os feitiços ignoram,
Por mim não chorariam, mas por outros choram...

Vocês talvez esperem um rosto sem dores,
Vocês calmas, e sempre de folhas e flores,
E de incorruptível altura cerceadas,
Ó Ninfas!... Dóceis às encostas encantadas
Que em seu rumo trilharam invictos caminhos,
Soprem este reflexo de humanos descaminhos!

E seus corpos se fundem, Águas planas, profundas!
Estou só!... Se os Deuses, os ecos e as ondas
E suspiros permitem que o sejamos, sim!
Só!... mas também é quem se aproxima de si
Quando margeia as margens louvando a folhagem...
Dos cimos, o ar já cessa a mais pura pilhagem;
Fala da noite a voz das fontes em mudança;
Uma calma me escuta, onde escuto a esperança,
Ouço a erva das noites que na sombra brota,
E a lua pérfida eleva o seu espelho
Até o fundo segredo da nascente morta...
Até o fundo segredo, que eu temo sabê-lo,
Até onde o amor de si mesmo se dobra,
Do silêncio do escuro nada pode fugir...
E a noite meu amor sobre minha carne sopra.

Sa voix fraîche à mes vœux tremble de consentir ;
À peine, dans la brise, elle semble mentir,
Tant le frémissement de son temple tacite
Conspire au spacieux silence d'un tel site.

   Ô douceur de survivre à la force du jour,
Quand elle se retire enfin rose d'amour,
Encore un peu brûlante, et lasse, mais comblée,
Et de tant de trésors tendrement accablée
Par de tels souvenirs qu'ils empourprent sa mort,
Et qu'ils la font heureuse agenouiller dans l'or,
Puis s'étendre, se fondre, et perdre sa vendange,
Et s'éteindre en un songe en qui le soir se change.
Quelle perte en soi-même offre un si calme lieu !
L'âme, jusqu'à périr, s'y penche pour un Dieu
   Qu'elle demande à l'onde, onde déserte, et digne
Sur son lustre, du lisse effacement d'un cygne...
   À cette onde jamais ne burent les troupeaux !
D'autres, ici perdus, trouveraient le repos,
Et dans la sombre terre, un clair tombeau qui s'ouvre...
Mais ce n'est pas le calme, hélas ! que j'y découvre !
Quand l'opaque délice où dort cette clarté,
Cède à mon corps l'horreur du feuillage écarté,
Alors, vainqueur de l'ombre, ô mon corps tyrannique,
Repoussant aux forêts leur épaisseur panique,
Tu regrettes bientôt leur éternelle nuit !
Pour l'inquiet Narcisse, il n'est ici qu'ennui !
Tout m'appelle et m'enchaîne à la chair lumineuse
Que m'oppose des eaux la paix vertigineuse !

Sua voz fresca a meus votos hesita assentir;
Mal e mal, pela brisa, parece mentir,
De tanto que o tremor desse seu templo tácito
Conspira com o vasto silêncio de tal sítio.

Doce é sobreviver a essa força do dia,
Quando, rosa de amor, ela enfim se esvazia,
Ainda um pouco ardente; lassa, mas realizada,
E por tantos tesouros ternamente sufocada
São as lembranças que avermelham o seu fim,
E a fazem ajoelhar-se no ouro alegre enfim,
E alongar-se, fundir-se, e perder a colheita,
E se apagar no sonho em que a noite foi feita.
Pois perder em si traz um lugar que acalma!
Ao sucumbir se inclina por um Deus a alma
Que pede à onda, onda deserta, e insigne
Em seu brilho, o liso apagar de um cisne...
Nesta onda rebanhos não beberam jamais!
Os que ali se perderam, ficaram em paz,
E na terra sombria, um túmulo se abre...
Pena! Não é a calma que ali se descobre!
Quando dorme a clareza na opaca delícia,
Cede a meu corpo o horror da folhagem cindida,
Ó vencedor da sombra, ó meu corpo tirânico,
Relançando à floresta o seu espesso pânico,
Tu lamentas em breve a noite que persiste!
Para o inquieto Narciso, só o tédio existe!
Tudo interpela e impele à carne luminosa
Que das águas me opõe a paz vertiginosa!

Que je déplore ton éclat fatal et pur,
Si mollement de moi, fontaine environnée,
Où puisèrent mes yeux dans un mortel azur,
Les yeux mêmes et noirs de leur âme étonnée!

Profondeur, profondeur, songes qui me voyez,
        Comme ils verraient une autre vie
Dites, ne suis-je pas celui que vous croyez,
        Votre corps vous fait-il envie?

Cessez, sombres esprits, cet ouvrage anxieux
        Qui se fait dans l'âme qui veille;
Ne cherchez pas en vous, n'allez surprendre aux cieux
        Le malheur d'être une merveille:
Trouvez dans la fontaine un corps délicieux…

Prenant à vos regards cette parfaite proie,
Du monstre de s'aimer faites-vous un captif;
Dans les errants filets de vos longs cils de soie
Son gracieux éclat vous retienne pensif;

Mais ne vous flattez pas de le changer d'empire.
        Ce cristal est son vrai séjour;
        Les efforts mêmes de l'amour
Ne le sauraient de l'onde extraire qu'il n'expire…

Deploro o teu brilho puro e fatal,
Fonte tão fragilmente por mim rodeada,
Onde meus olhos tiraram de um azul mortal,
Os mesmos sombrios olhos de sua alma espantada!

Do fundo, bem do fundo, sonhos que me veem,
    Como outra vida veriam,
Digam, não sou aquele em quem vocês mais creem,
    Seus próprios corpos invejariam?

Parem, sombrios espíritos, esse feito ansioso
    Que se faz na alma em vigília;
Não busquem em vocês, nem no céu espantoso,
    O mal de ser a maravilha:
Encontrem na nascente um corpo delicioso...

Que ao seu olhar essa perfeita presa ceda,
Façam do monstro de se amar um ser cativo;
E nas redes errantes dos cílios de seda
O seu brilho gracioso os deixa pensativos;

Mas não se orgulhem se o seu império cai.
    Este cristal é sua moradia;
    E nem mesmo o amor poderia
Extraí-lo da onda em que ele se esvai...

PIRE.

Pire?...

Quelqu'un redit Pire... Ô moqueur!
Écho lointaine et prompte à rendre son oracle
De son rire enchanté, le roc brise mon cœur,

Et le silence, par miracle,
Cesse!... parle, renaît, sur la face des eaux...
Pire?...

Pire destin!... Vous le dites, roseaux,
Qui reprîtes des vents ma plainte vagabonde!
Antres, qui me rendez mon âme plus profonde,
Vous renflez de votre ombre une voix qui se meurt...
Vous me le murmurez, ramures!... Ô rumeur
Déchirante, et docile aux souffles sans figure,
Votre or léger s'agite, et joue avec l'augure...
Tout se mêle de moi, brutes divinités!
Mes secrets dans les airs sonnent ébruités,
Le roc rit; l'arbre pleure; et par sa voix charmante,
Je ne puis qu'aux cieux que je ne me lamente
D'appartenir sans force d'éternels attraits!
Hélas! entre les bras qui naissent des forêts,
Une tendre lueur d'heure ambiguë existe...
Là, d'un reste du jour, se forme un fiancé,
Nu, sur la place pâle où m'attire l'eau triste,
Délicieux démon désirable et glacé!

PIOR.

Pior?...

Alguém rediz *Pior* ... Gozação!
Eco distante, o seu oráculo se abre!
Com o seu riso, a rocha quebra meu coração,
E o silêncio, por milagre,
Cessa!... fala, na face das águas, renasce...
Pior?...
Pior destino!... Se vocês falassem
Juncos, que retêm do vento a queixa vagabunda!
Antros, que tornam a minha alma mais profunda,
Encham de sombra uma voz em estertor...
Vocês a mim murmuram, ramadas!... Ó rumor
Dilacerante e dócil, sopros que não figuro,
Agita o ouro leve, brincam com o augúrio...
Ó brutas divindades! De mim tudo se mistura,
Meus segredos ressoam ruidosos nas alturas,
A rocha ri; chora a árvore; em voz enfeitiçante,
Não posso até os céus, queixar-me eternamente
De pertencer sem forças ao que me arrebata!
Que pena! entre os braços que nascem da mata,
Um suave luar de hora ambígua existe...
Nu, de um naco do dia, um noivo é desenhado,
Neste lugar onde me atrai a água triste,
Demônio delicioso, querido e gelado!

Te voici, mon doux corps de lune et de rosée,
Ô forme obéissante à mes yeux opposée!
Qu'ils sont beaux, de mes bras les dons vastes et vains!
Mes lentes mains, dans l'or adorable se lassent
D'appeler ce captif que les feuilles enlacent;
Mon cœur jette aux échos l'éclat des noms divins!

   Mais que ta bouche est belle en ce muet blasphème!

Ô semblable!... Et pourtant plus parfait que moi-même,
Éphémère immortel, si clair devant mes yeux,
Pâles membres de perle, et ces cheveux soyeux,
Faut-il qu'à peine aimés, l'ombre les obscurcisse,
Et que la nuit déjà nous divise, ô Narcisse,
Et glisse entre nous deux le fer qui coupe un fruit!
Qu'as-tu?
       Ma plainte même est funeste?...
               Le bruit
Du souffle que j'enseigne à tes lèvres, mon double,
Sur la limpide lame a fait courir un trouble!...
Tu trembles!... Mais ces mots que j'expire à genoux
Ne sont pourtant qu'une âme hésitante entre nous,
Entre ce front si pur et ma lourde mémoire...
Je suis si près de toi que je pourrais te boire,
Ô visage!... Ma soif est un esclave nu...
   Jusqu'à ce temps charmant je m'étais inconnu,
Et je ne savais pas me chérir et me joindre!
Mais te voir, cher esclave, obéir à la moindre
Des ombres dans mon cœur se fuyant à regret,

Eis-te aqui, ó meu corpo de lua, róseo e doce,
Forma obediente que aos meus olhos opôs-se!
Belos são os dons, vastos e vãos, de meu braço!
E minhas lentas mãos, no ouro assim se lassam
De chamar o cativo que as folhas enlaçam;
Lanço aos ecos, divinos nomes que estilhaço!...

Nesta muda blasfêmia, teu lábio é tão bem-feito!

Ó igual!... E mais do que eu mesmo és perfeito,
Efêmero imortal, tão claro ante os meus olhos,
Baços membros de pérola, cabelos sedosos,
Tão logo amados, escurecem, isto é preciso,
E que já nos divida a noite, ó Narciso,
E flua entre nós dois o ferro que corta um fruto!
Que tens?
       A queixa é funesta?...
               O barulho escuto
Do sopro que eu ensino a teus lábios, meu duplo,
Sobre a límpida lâmina criou-se um tumulto!...
Tremes!... Palavras que prostrado expiro, pois
São só uma alma hesitante entre nós dois,
Entre esta fronte pura e a pesada memória...
Tão perto estou de ti, te beberia agora,
Ó rosto!... A minha sede como um escravo se despia...
Até este tempo enfeitiçado ainda não me conhecia,
Não gostava de mim nem sabia estar comigo!
Mas te ver, caro escravo, assim submetido
Às sombras de meu peito fugindo de medo,

Voir sur mon front l'orage et les feux d'un secret,
Voir, ô merveille, voir! ma bouche nuancée
Trahir... peindre sur l'onde une fleur de pensée,
Et quels événements étinceler dans l'œil!
J'y trouve un tel trésor d'impuissance et d'orgueil,
Que nulle vierge enfant échappée au satyre,
Nulle! aux fuites habiles, aux chutes sans émoi,
Nulle des nymphes, nulle amie, ne m'attire
Comme tu fais sur l'onde, inépuisable Moi!...

II

Fontaine, ma fontaine, eau froidement présente,
Douce aux purs animaux, aux humains complaisante
Qui d'eux-mêmes tentés suivent au fond la mort,
Tout est songe pour toi, Sœur tranquille du Sort!
À peine en souvenir change-t-il un présage,
Que pareille sans cesse à son fuyant visage,
Sitôt de ton sommeil les cieux te sont ravis!
Mais si pure tu sois des êtres que tu vis,
Onde, sur qui les ans passent comme les nues,
Que de choses pourtant doivent t'être connues,
Astres, roses, saisons, les corps et leurs amours!
Claire, mais si profonde, une nymphe toujours
Effleurée, et vivant de tout ce qui l'approche,
Nourrit quelque sagesse à l'abri de sa roche,
À l'ombre de ce jour qu'elle peint sous les bois.
Elle sait à jamais les choses d'une fois...

Ver em meu rosto o raio e os fogos de um segredo,
Ver, maravilha, ver! minha boca nuançada
Trair… pintar na onda uma flor pensada,
E são tantos eventos reluzindo no olho!
Encontro um tal tesouro de impotência e orgulho,
Nenhuma jovem virgem do sátiro se esvai,
Nenhuma! em fuga hábil, em queda inabalável,
Ninfa nenhuma, nem amiga, assim me atrai
Como fazes à onda, eu em Mim inesgotável!…

II

Fonte, minha fonte, água friamente presente,
Doce aos animais puros, aos humanos clemente,
Tentados por si mesmos seguem ao fundo a morte,
Para ti tudo é sonho, Irmã calma da Sorte!
Tão logo de um presságio a lembrança se faz,
Sem cessar se parece ao seu rosto fugaz,
Súbito, de teu sono os céus surgem felizes!
Por mais pura que sejas dos seres de que vives,
Onda, onde os anos todos passam como nuvens,
E quantas coisas conhecidas tu conténs,
Corpos e amores, estações, estrelas, rosa,
Clara, mas tão profunda, ninfa em que se roça
De leve, vive do que perto se conserva,
E nutre algum saber sob a rocha que a preserva,
À sombra desse dia que ela pinta na floresta.
E sabe sempre as coisas que eram como estas…

Ô présence pensive, eau calme qui recueilles
Tout un sombre trésor de fables et de feuilles,
L'oiseau mort, le fruit mûr, lentement descendus,
Et les rares lueurs des clairs anneaux perdus.
Tu consommes en toi leur perte solennelle;
Mais, sur la pureté de ta face éternelle,
L'amour passe et périt...

                      Quand le feuillage épars
Tremble, commence à fuir, pleure de toutes parts,
Tu vois du sombre amour s'y mêler la tourmente,
L'amant brûlant et dur ceindre la blanche amante,
Vaincre l'âme... Et tu sais selon quelle douceur
Sa main puissante passe à travers l'épaisseur
Des tresses que répand la nuque précieuse,
S'y repose, et se sent forte et mystérieuse;
Elle parle à l'épaule et règne sur la chair.
Alors les yeux fermés à l'éternel éther
Ne voient plus que le sang qui dore leurs paupières;
Sa pourpre redoutable obscurcit les lumières
D'un couple aux pieds confus qui se mêle, et se ment.
Ils gémissent... La Terre appelle doucement
Ces grands corps chancelants, qui luttent bouche à bouche,
Et qui, du vierge sable osant battre la couche,
Composeront d'amour un monstre qui se meurt...
Leurs souffles ne font plus qu'une heureuse rumeur,
L'âme croit respirer l'âme toute prochaine,
Mais tu sais mieux que moi, vénérable fontaine,
Quels fruits forment toujours ces moments enchantés!
Car, à peine les cœurs calmes et contentés

Presença pensativa, recolhes, calmas águas,
Todo um sombrio tesouro de folhas e fábulas,
A ave morta, o fruto maduro, aos poucos caídos,
E os luares raros dos claros anéis perdidos.
Consomes em ti mesmo a sua perda solene;
Mas, por sobre a pureza de tua face perene,
O amor passa e perece...
                    Quando a folhagem esparsa
Treme e se põe em fuga, chora aonde passa,
Vês que ao sombrio amor a tormenta se mistura,
O duro e ardente amante envolve a amante pura,
Vencer a alma... E sabes com quanta doçura
Sua mão potente passa através da espessura
Das tranças que derrama a nuca preciosa,
Lá repousa, e se sente forte e misteriosa;
Sobre o ombro ela fala e a carne é seu reinado.
Então ao eterno éter seus olhos fechados
Só veem as suas pálpebras que o sangue doura;
As luzes ofuscadas pela temida púrpura
De um par de pés confusos que se mescla e mente.
Eles gemem... A terra chama suavemente
Seu corpo cambaleante, boca a boca guerreia
E que, ousando bater o leito virgem da areia,
Um monstro que padece comporá com amor...
Seus sopros são apenas um feliz rumor,
Crê a alma que respira outra alma assim tão rente,
Mas sabes mais que eu, venerável nascente,
Que frutos formam tais momentos encantados!
Pois, mal os corações calmos e contentados

D'une ardente alliance expirée en délices,
Des amants détachés tu mires les malices,
Tu vois poindre des jours de mensonges tissus,
Et naître mille maux trop tendrement conçus!

Bientôt, mon onde sage, infidèle et la même,
Le Temps mène ces fous qui crurent que l'on aime
Redire à tes roseaux de plus profonds soupirs!
Vers toi, leurs tristes pas suivent leurs souvenirs...

Sur tes bords, accablés d'ombres et de faiblesse,
Tout éblouis d'un ciel dont la beauté les blesse
Tant il garde l'éclat de leurs jours les plus beaux,
Ils vont des biens perdus trouver tous les tombeaux...
«Cette place dans l'ombre était tranquille et nôtre!»
«L'autre aimait ce cyprès, se dit le cœur de l'autre,»
«Et d'ici, nous goûtions le souffle de la mer!»
Hélas! la rose même est amère dans l'air...
Moins amers les parfums des suprêmes fumées
Qu'abandonnent au vent les feuilles consummées!...
Ils respirent ce vent, marchent sans le savoir,

Foulent aux pieds le temps d'un jour de désespoir...
Ô marche lente, prompte, et pareille aux pensées
Qui parlent tour à tour aux têtes insensées!
La caresse et le meurtre hésitent dans leurs mains,
Leur cœur, qui croit se rompre au détour des chemins,
Lutte, et retient à soi son espérance étreinte.
Mais leurs esprits perdus courent ce labyrinthe

Por uma ardente aliança expirada em delícias,
Dos amantes desfeitos, miras as malícias,
Vês despontar os dias de mentiras tecidos,
E nascerem mil males, ternamente concebidos!
   Logo, minha onda sábia, infiel e constante,
O Tempo leva os loucos que se creram amantes
Redizer aos teus juncos arfadas intensas!
Rumo a ti, tristes passos seguem as lembranças...
   Em tuas margens, vencidos por sombra e fraqueza,
Cegados por um céu que os fere de beleza
Pois que ele guarda o brilho dos dias mais lindos,
Ali verão as tumbas dos seus bens perdidos...
"Este lugar na sombra era nosso e pronto!"
"O outro amava o cipreste, diz o coração de outro,
"E daqui nós bebíamos o sopro do mar!"
Pena! pois mesmo a rosa é amarga no ar...
Melhor são os perfumes de esfumadas arfagens
Que abandonam ao vento consumidas folhagens!...
Respiram esse vento, caminham sem sabê-lo,
   Esmagam com seus pés dias de desespero...
Ó marcha lenta e firme, igual ao que se pensa
E que assim fala a cada insensata cabeça!
A carícia e o crime hesitam em suas mãos,
Seu coração, que crê romper-se nos desvãos,
Luta, e guarda pra si desígnios oprimidos.
Mas erram seus espíritos por esses labirintos

Où s'égare celui qui maudit le soleil!
Leur folle solitude, à l'égal du sommeil,
Peuple et trompe l'absence; et leur secrète oreille
Partout place une voix qui n'a point de pareille.
Rien ne peut dissiper leurs songes absolus;
Le soleil ne peut rien contre ce qui n'est plus!
Mais s'ils traînent dans l'or leurs yeux secs et funèbres,
Ils se sentent des pleurs défendre leurs ténèbres
Plus chères à jamais que tous les feux du jour!
Et dans ce corps caché tout marqué de l'amour
Que porte amèrement l'âme qui fut heureuse,
Brûle un secret baiser qui la rend furieuse...

Mais moi, Narcisse aimé, je ne suis curieux
Que de ma seule essence;
Tout autre n'a pour moi qu'un cœur mystérieux,
Tout autre n'est qu'absence.
Ô mon bien souverain, cher corps, je n'ai que toi!
Le plus beau des mortels ne peut chérir que soi...

Douce et dorée, est-il une idole plus sainte,
De toute une forêt qui se consume, ceinte,
Et sise dans l'azur vivant par tant d'oiseaux?
Est-il don plus divin de la faveur des eaux,
Et d'un jour qui se meurt plus adorable usage
Que de rendre à mes yeux l'honneur de mon visage?
Naisse donc entre nous que la lumière unit
De grâce et de silence un échange infini!
Je vous salue, enfant de mon âme et de l'onde,

Onde se perde aquele que maldiz o sol!
Assim como seu sono, loucura tão só,
Povoa e engana a ausência; e sua secreta orelha
Coloca em tudo a voz que a nada se assemelha.
Não há o que dissipe o sonho absoluto;
Nem pode o sol lutar contra o dissoluto!
Mas arrastam no ouro a secura que o olhar leva,
Sentem os prantos protegerem sua treva
Pra sempre mais querida que os fogos do dia!
Neste corpo escondido onde o amor vivia
E que carrega, amargo, a alma que foi ditosa,
    Arde um secreto beijo que a faz furiosa...

Mas eu, Narciso amado, sou só curioso
    Da minha própria essência;
O outro para mim é um coração misterioso,
    O outro é só ausência.
Ó meu bem soberano, corpo, só tenho a ti!
O mais belo mortal gosta mesmo é de si...

    Doce e dourada, há imagem mais santificada,
De toda uma floresta consumida, cercada,
E que no azul as aves tornam mais vivaz?
E do favor das águas haverá um dom mais
Divino, e de um dia morto um uso mais fácil
Do que dar a meus olhos a honra de minha face?
Que nasça entre nós quem pela luz foi unido
Em graça e em silêncio, um escambo infinito!
    Eu te saúdo, cria de minha alma e da onda,

Cher trésor d'un miroir qui partage le monde!
Ma tendresse y vient boire, et s'enivre de voir
Un désir sur soi-même essayer son pouvoir!
    Ô qu'à tous mes souhaits, que vous êtes semblable!
Mais la fragilité vous fait inviolable,
Vous n'êtes que lumière, adorable moitié
D'une amour trop pareille à la faible amitié!
    Hélas! la nymphe même a séparé nos charmes!
Puis-je espérer de toi que de vaines alarmes?
Qu'ils sont doux les périls que nous pourrions choisir!
Se surprendre soi-même et soi-même saisir,
Nos mains s'entremêler, nos maux s'entre-détruire,
Nos silences longtemps de leurs songes s'instruire,
La même nuit en pleurs confondre nos yeux clos,
Et nos bras refermés sur les mêmes sanglots
Étreindre un même cœur, d'amour prêt à se fondre...
    Quitte enfin le silence, ose enfin me répondre,
Bel et cruel Narcisse, inaccessible enfant,
Tout orné de mes biens que la nymphe défend...

Tesouro de um espelho que partilha o mundo!
Minha ternura aí bebe, e embriaga-se ao ver
Um desejo por si mesmo testar seu poder!
　Te pareces com tudo que é mais desejável!
Mas a fragilidade te faz inviolável,
Tu és apenas luz, adorável metade,
Como um amor igual à frágil amizade!
　Pena! nos separou a ninfa dos feitiços!
Só me resta esperar os alarmes postiços?
E quão doces perigos se pode escolher!
Surpreender-se a si mesmo e a si mesmo prender,
Entrecruzar as mãos, o mal se entre-destruir,
Nosso silêncio dos seus sonhos se instruir,
Na mesma noite em prantos unir olhos reclusos,
Com os braços enlaçados sob os mesmos soluços
Parar um mesmo coração, o amor fungível...
　Sai do silêncio, ousa e enfim me responde,
Belo e cruel Narciso, criança inacessível,
Ornado de meus bens que a ninfa esconde...

III

… Ce corps si pur, sait-il qu'il me puisse séduire?
De quelle profondeur songes-tu de m'instruire,
Habitant de l'abîme, hôte si précieux
D'un ciel sombre ici-bas précipité des cieux?…
*   Ô le frais ornement de ma triste tendance*
Qu'un sourire si proche, et plein de confidence,
Et qui prête à ma lèvre une ombre de danger
Jusqu'à me faire craindre un désir étranger!
Quel souffle vient à l'onde offrir ta froide rose!…
«J'aime… J'aime!…» Et qui donc peut aimer autre chose
Que soi-même?…
*   Toi seul, ô mon corps, mon cher corps,*
Je t'aime, unique objet qui me défends des morts!

. . . .

Formons, toi sur ma lèvre, et moi, dans mon silence,
Une prière aux dieux qu'émus de tant d'amour
Sur sa pente de pourpre ils arrêtent le jour!…
Faites, Maîtres heureux, Pères des justes fraudes,
Dites qu'une lueur de rose ou d'émeraudes
Que des songes du soir votre sceptre reprit,
Pure, et toute pareille au plus pur de l'esprit,
Attende, au sein des cieux, que tu vives et veuilles,
Près de moi, mon amour, choisir un lit de feuilles,
Sortir tremblant du flanc de la nymphe au cœur froid,
Et sans quitter mes yeux, sans cesser d'être moi,

III

... Corpo tão puro, sabe o poder de seduzir-me?
E de que profundeza sonhas instruir-me,
Habitante do abismo, hóspede tão precioso
De um céu dos céus saído, tão baixo e assombroso?...
  Ó que fresco ornamento de minha triste tendência
Que um sorriso tão perto, em plena confidência,
E que empresta a meu lábio um assombro de receio
Até que eu tema um desejo estrangeiro!
Que sopro vem à onda ofertar a fria rosa!...
"Eu amo... Eu amo!..." Quem amaria outra coisa
Que a si mesmo?...
      Só contigo, ó meu corpo, me importo,
Te amo, único objeto a me defender dos mortos!

· · · · · · · · · · · · · · · · ·

E tu sobre o meu lábio, e eu, em meu silêncio,
Rezemos para os deuses que de amor emudecem,
Sobre a púrpura encosta o dia arrefecem!...
Mestres felizes, Pais de fraudes tão honrosas,
Decretem que um luar de esmeralda ou de rosas
Que dos sonhos noturnos vosso cetro captura,
Pura, como do espírito a parte mais pura,
Espere, em meio aos céus, que tu vivas e escolhas,
Tão perto de mim mesmo, meu amor, deitar nas folhas,
Treme ao sair do flanco da ninfa sem amor,
E sem deixar meus olhos, sendo sempre o que sou,

Tendre ta forme fraîche, et cette claire écorce...
Oh! te saisir enfin!... Prendre ce calme torse
Plus pur que d'une femme et non formé de fruits...
Mais, d'une pierre simple est le temple où je suis,
Où je vis... Car je vis sur tes lèvres avares!...
Ô mon corps, mon cher corps, temple qui me sépares
De ma divinité, je voudrais apaiser
Votre bouche... Et bientôt, je briserais, baiser,
Ce peu qui nous défend de l'extrême existence,
Cette tremblante, frêle, et pieuse distance
Entre moi-même et l'onde, et mon âme, et les dieux!...
Adieu... Sens-tu frémir mille flottants adieux?
Bientôt va frissonner le désordre des ombres!
L'arbre aveugle vers l'arbre étend ses membres sombres,
Et cherche affreusement l'arbre qui disparaît...
Mon âme ainsi se perd dans sa propre forêt,
Où la puissance échappe à ses formes suprêmes...
L'âme, l'âme aux yeux noirs, touche aux ténèbres mêmes,
Elle se fait immense et ne rencontre rien...
Entre la mort et soi, quel regard est le sien!

Dieux! de l'auguste jour, le pâle et tendre reste
Va des jours consumés joindre le sort funeste;
Il s'abîme aux enfers du profond souvenir!
Hélas! corps misérable, il est temps de s'unir...
Penche-toi... Baise-toi. Tremble de tout ton être!
L'insaisissable amour que tu me vins promettre
Passe, et dans un frisson, brise Narcisse, et fuit...

Expor tua forma fresca, e este invólucro claro...
Oh! possuir-te enfim!... Ter o teu torso calmo,
Ter mais do que a pureza, e os frutos que não formou
Mas é de pedras simples o templo onde estou,
Onde eu sou e onde vivo em teus lábios avaros!...
   Ó meu corpo, meu caro templo em que me separo
De minha divindade, queria acalmar
A tua boca... E logo quebrar, e beijar,
Esse quase que impede nossa extrema existência,
Esta frágil e trêmula, e pia distância
Entre mim mesmo e a onda, e minha alma, e os deuses!...
   Adeus... Sentes tremer mil flutuantes adeuses?
Logo a desordem dessas sombras arrepia!
Cega a árvore à árvore seus membros amplia,
E busca aflita a árvore que é desfeita...
E minha alma se perde em sua própria floresta,
Onde o poder escapa à forma que se eleva ...
A alma com seus olhos toca a própria treva,
Ela se faz imensa e não encontra nada...
Entre a morte e si mesma, eis a sua mirada!

   Deuses! do augusto dia, o branco e brando resto
Junta aos seus findos dias o destino funesto;
Se abisma até o inferno da profunda lembrança!
Ah! corpo miserável, é tempo de aliança
Curva-te... Beija-te. Treme todo teu ser!
O amor inalcançável que vens me prometer
Passa, e num arrepio, quebra Narciso, e foge...

La Pythie

à Pierre Louÿs

Hoec effata silet; pallor simul occupat ora.
Virgile, AEn, IV.

La Pythie, exhalant la flamme
De naseaux durcis par l'encens,
Haletante, ivre, hurle!... l'âme
Affreuse, et les flancs mugissants!
Pâle, profondément mordue,
Et la prunelle suspendue
Au point le plus haut de l'horreur,
Le regard qui manque à son masque
S'arrache vivant à la vasque,
À la fumée, à la fureur!

Sur le mur, son ombre démente
Où domine un démon majeur,
Parmi l'odorante tourmente
Prodigue un fantôme nageur,
De qui la transe colossale,
Rompant les aplombs de la salle,
Si la folle tarde à hennir,
Mime de noirs enthousiasmes,
Hâte les dieux, presse les spasmes
De s'achever dans l'avenir!

A Pítia

a Pierre Louÿs

Hoec effata silet; pallor simul occupat ora.
Virgílio, Æn., IV.

A Pítia, exalando as chamas
Pelas ventas duras de incenso,
Ofegante, ébria, berra!... As ancas
Mugindo! A alma em horror intenso!
Pálida e a fundo mordida,
Com a pupila suspendida
No mais alto ponto do horror,
O olhar de sua máscara ausente
Do vaso arranca-se vivente,
Pela fumaça, com furor!

No muro, seu demente vulto
Onde reina um demônio maior,
Por entre o fétido tumulto
Vê-se um fantasma nadador,
Ele num transe tremendo,
O prumo da sala rompendo,
Se a doida demora em seu urro,
Imita escuros entusiasmos,
Apressa os deuses e os espasmos
A se acabarem no futuro!

Cette martyre en sueurs froides,
Ses doigts sur mes doigts se crispant,
Vocifère entre les ruades
D'un trépied qu'étrangle un serpent:
— Ah! maudite!.. Quels maux je souffre!
Toute ma nature est un gouffre!
Hélas! Entr'ouverte aux esprits,
J'ai perdu mon propre mystère!…
Une Intelligence adultère
Exerce un corps qu'elle a compris!

Don cruel! Maître immonde, cesse
Vite, vite, ô divin ferment,
De feindre une vaine grossesse
Dans ce pur ventre sans amant!
Fais finir cette horrible scène!
Vois de tout mon corps l'arc obscène
Tendre à se rompre pour darder,
Comme son trait le plus infâme,
Implacablement au ciel l'âme
Que mon sein ne peut plus garder!

Essa mártir suando gelada,
Dedo sobre dedo desdobra,
Vociferando entre as patadas
De um tripé que estrangula a cobra:
— Maldita!… Com o mal sofro mesmo!
Minha natureza é um abismo!
E aberta aos espíritos! Grita!
Perdi o meu próprio mistério!…
Inteligência em adultério
Compreende um corpo que exercita!

Dom cruel! Mestre imundo, para
Rápido, ó divino fermento,
De fingir estar prenhe por nada,
No puro ventre sem amante!
Acabe com esta horrível cena!
Veja em meu corpo a curva obscena
Terna a romper-se pra flechar,
Como seu traço detestável,
No céu, a alma implacável
Que em mim já não posso guardar!

Qui me parle, à ma place même?
Quel écho me répond: Tu mens!
Qui m'illumine?... Qui blasphème?
Et qui, de ces mots écumants,
Dont les éclats hachent ma langue,
La fait brandir une harangue
Brisant la bave et les cheveux
Que mâche et trame le désordre
D'une bouche qui veut se mordre
Et se reprendre ses aveux?

Dieu! Je ne me connais de crime
Que d'avoir à peine vécu!...
Mais si tu me prends pour victime
Et sur l'autel d'un corps vaincu
Si tu courbes un monstre, tue
Ce monstre, et la bête abattue,
Le col tranché, le chef produit
Par les crins qui tirent les tempes,
Que cette plus pâle des lampes
Saisisse de marbre la nuit!

Quem me fala, em meu próprio lugar?
Que eco me diz: "Ela mentia?"
Quem me ilumina?... Me calunia?
E quem, dos verbos a espumar,
Raios racham a língua minha,
A faz dizer sua ladainha
Rompendo cabelos e baba
Que masca e trama a desordem
De uma boca que se morde
E que a confissão destrava?

Deus! Não conheço outros crimes
Apenas o de ter vivido!...
Se como vítima me intimes
E no altar de um corpo vencido
Se curvas um monstro, se matas
Esse monstro, e a besta que abatas,
A cabeça do corpo cortes
Pelas crinas desde a têmpora,
Que esta mais pálida lâmpada
Encha de mármores as noites!

Alors, par cette vagabonde
Morte, errante, et lune à jamais,
Soit l'eau des mers surprise, et l'onde
Astreinte à d'éternels sommets!
Que soient les humains faits statues,
Les cœurs figés, les âmes tues,
Et par les glaces de mon œil,
Puisse un peuple de leurs paroles
Durcir en un peuple d'idoles
Muet de sottise et d'orgueil!

Eh! Quoi!... Devenir la vipère
Dont tout le ressort de frissons
Surprend la chair que désespère
Sa multitude de tronçons!...
Reprendre une lutte insensée!...
Tourne donc plutôt ta pensée
Vers la joie enfuie, et reviens,
Ô mémoire, à cette magie
Qui ne tirait son énergie
D'autres arcanes que des tiens!

Então, por esta vagabunda
Morta, errante, e lua infinita,
Seja o mar surpreendido, e a onda
A eternos cumes submetida!
O humano em estátua se transmuda,
Peito de pedra, a alma muda,
E pelos vidros de meu olho,
Possa um povo e suas linguagens
Fixar-se num povo de imagens
Mudo de bobagem e orgulho!

Ei! Eu!... Virar a viperina
Cujo impulso de emoção
Flagra a carne que desatina
Seus retalhos em profusão!...
Retoma o insensato combate!...
Teu pensamento em disparate
Vai à esquiva alegria, e revém,
Ó memória, a esta magia
Que só drena sua energia
Dos teus arcanos, não de outrem!

Mon cher corps… Forme préférée,
Fraîcheur par qui ne fut jamais
Aphrodite désaltérée,
Intacte nuit, tendres sommets,
Et vos partages indicibles
D'une argile en îles sensibles,
Douce matière de mon sort,
Quelle alliance nous vécûmes,
Avant que le don des écumes
Ait fait de toi ce corps de mort!

Toi, mon épaule, où l'or se joue
D'une fontaine de noirceur,
J'aimais de te joindre ma joue
Fondue à sa même douceur!…
Ou, soulevés à mes narines,
Ouverte aux distances marines,
Les mains pleines de seins vivants,
Entre mes bras aux belles anses
Mon abîme a bu les immenses
Profondeurs qu'apportent les vents!

Meu caro corpo… Forma amada,
Frescor pelo qual Afrodite
Não foi nunca desalterada,
Terno cume, intocada noite,
E essas partilhas indizíveis
De uma argila em ilhas sensíveis,
Doce matéria de minha sorte,
E que aliança nos arrumas,
Antes que o dom dessas espumas,
Faça de ti um corpo à morte!

Em ti, meu ombro, o ouro exposto
Desde uma fonte bem escura,
Que nunca encontres o meu rosto
Fundido na mesma doçura!…
Soerguidas às minhas narinas
Abrem-se às distâncias marinhas
As mãos cheias de seios intensos,
Em meus braços de belas alças
Meu abismo bebeu os imensos
Abismos que o vento enlaça!

Hélas! ô roses, toute lyre
Contient la modulation!
Un soir, de mon triste délire
Parut la constellation!
Le temple se change dans l'antre,
Et l'ouragan des songes entre
Au même ciel qui fut si beau!
Il faut gémir, il faut atteindre
Je ne sais quelle extase, et ceindre
Ma chevelure d'un lambeau!

Ils m'ont connue aux bleus stigmates
Apparus sur ma pauvre peau;
Ils m'assoupirent d'aromates
Laineux et doux comme un troupeau;
Ils ont, pour vivant amulette,
Touché ma gorge qui halète
Sous les ornements vipérins;
Étourdie, ivre d'empyreumes,
Ils m'ont, au murmure des neumes,
Rendu des honneurs souterrains.

Que pena! ó rosas, toda lira
Contém uma modulação!
Na noite triste que delira
Surgiu uma constelação!
O templo torna-se um antro,
E a tormenta dos sonhos entra
Nos céus que já foram tão belos!
É preciso gemer, se alçar
A não sei que êxtase, e abraçar
Com um resto os meus cabelos!

Viram os roxos hematomas
Que minha pobre pele espelha;
E me embeberam em aromas
Suaves como lã de ovelha;
Como amuleto vivo tocavam,
Minha garganta que arfava
Sob os ornatos de peçonhas;
Tonta, bêbada de epireumas,
Sob o murmúrio de uns neumas,
Me deram honras subterrâneas.

Qu'ai-je donc fait qui me condamne
Pure, à ces rites odieux?
Une sombre carcasse d'âne
Eût bien servi de ruche aux dieux!
Mais une vierge consacrée,
Une conque neuve et nacrée
Ne doit à la divinité
Que sacrifice et que silence,
Et cette intime violence
Que se fait la virginité!

Pourquoi, Puissance Créatrice,
Auteur du mystère animal,
Dans cette vierge pour matrice,
Semer les merveilles du mal!
Sont-ce les dons que tu m'accordes?
Crois-tu, quand se brisent les cordes,
Que le son jaillisse plus beau?
Ton plectre a frappé sur mon torse,
Mais tu ne lui laisses la force
Que de sonner comme un tombeau!

O que fiz para estar em desgraça
Pura, nesses ritos horríveis?
De um asno a sombria carcassa
Serviu de colmeia aos deuses!
Mas uma virgem consagrada,
Tal concha nova e nacarada
Só deve àquela divindade
O sacrifício e o silêncio,
E esta íntima violência
De que é feita a virgindade!

Por que, Potência Criadora,
Que fez o mistério animal,
Nesta virgem fundadora,
Plantar maravilhas do mal!
Com estes dons que me outorgas?
Crês, quando se rompem as cordas,
Que vai jorrar mais belo o som?
Teu plectro vibrou em meu torso,
Mas só lhe concedes o esforço
De soar como um caixão!

Sois clémente, sois sans oracles
Et de tes merveilleuses mains,
Change en caresses les miracles,
Retiens les présents surhumains!
C'est en vain que tu communiques
À nos faibles tiges, d'uniques
Commotions de ta splendeur!
L'eau tranquille est plus transparente
Que toute tempête parente
D'une confuse profondeur!

Va, la lumière la divine
N'est pas l'épouvantable éclair
Qui nous devance et nous devine
Comme un songe cruel et clair!
Il éclate!... Il va nous instruire!...
Non!... La solitude vient luire
Dans la plaie immense des airs
Où nulle pâle architecture,
Mais la déchirante rupture
Nous imprime de purs déserts!

Sê sem oráculos, tem clemência!
E com tuas mãos deslumbrantes,
Transforma o milagre em carícia,
Retém sobre-humanos instantes!
Em vão é que tu comunicas
Aos nossos tênues talos, únicas
Comoções de tua clareza!
A água calma é mais transparente
Que a tempestade, esta parente
De uma confusa profundeza!

Lá vai a luz, a luz divina,
Não é ela um raio espantoso
Que nos precede e adivinha
Como um sonho claro e maldoso!
Que estoura!... E vai nos instruir!...
Não!... Solidão vem só luzir
Na chaga dos cantos abertos
Onde nenhuma arquitetura,
Mas só a rascante ruptura
Nos impõe seus puros desertos!

N'allez donc, mains universelles,
Tirer de mon front orageux
Quelques suprêmes étincelles!
Les hasards font les mêmes jeux!
Le passé, l'avenir sont frères
Et par leurs visages contraire
Une seule tête pâlit
De ne voir où qu'elle regarde
Qu'une même absence hagarde
D'îles plus belles que l'oubli.

Noirs témoins de tant de lumières
Ne cherchez plus... Pleurez, mes yeux!
Ô pleurs dont les sources premières
Sont trop profondes dans les cieux!...
Jamais plus amère demande!...
Mais la prunelle la plus grande
De ténèbres se doit nourrir!...
Tenant notre race atterrée,
La distance désespérée
Nous laisse le temps de mourir!

Não tirem, mãos universais,
De meu rosto tempestuoso
Umas centelhas magistrais!
Acasos jogam o mesmo jogo!
O porvir do passado é irmão
E no inverso de sua feição
Há um semblante empalidecido
Que só vê desde sua vidência
Uma mesma feroz ausência
De ilhas mais belas que o olvido.

Sombrios testemunhos das luzes
Não busquem mais... Chorem, olhos meus!
Choros cujas primeiras fontes
São profundas demais nos céus!...
Não há demanda tão amarga!...
Porém a pupila mais larga
Das trevas vai se prover!...
Deixando a raça apavorada,
A distância desesperada
Nos deixa o tempo de morrer!

Entends, mon âme, entends ces fleuves!
Quelles cavernes sont ici?
Est-ce mon sang?... Sont-ce les neuves
Rumeurs des ondes sans merci?
Mes secrets sonnent leurs aurores!
Tristes airains, tempes sonores,
Que dites-vous de l'avenir!
Frappez, frappez, dans une roche,
Abattez l'heure la plus proche...
Mes deux natures vont s'unir!

Ô formidablement gravie,
Et sur d'effrayants échelons,
Je sens dans l'arbre de ma vie
La mort monter de mes talons!
Le long de ma ligne frileuse
Le doigt mouillé de la fileuse
Trace une atroce volonté!
Et par sanglots grimpe la crise
Jusque dans ma nuque où se brise
Une cime de volupté!

Minha alma, escuta o rio fluindo!
Aqui quais são as cavernas?
Será meu sangue?... Ali vem vindo
Um rumor de ondas severas?
De meus segredos soam auroras!
Tristes metais, fontes sonoras,
O que dirão desse porvir!
Matem a hora que se avizinha,
Rebatam numa rocha... As minhas
Duas naturezas vão se unir!

Mas que formidável subida,
Que degraus terríveis e altos,
Eu sinto na árvore da vida
A morte subir de meus saltos!
Ao longo dessa linha fria
O dedo daquela que fia
Entrança sua atroz vontade!
E soluçando a crise irrompe
Até minha nuca onde rompe
Uma alta voluptuosidade!

Ah! brise les portes vivantes!
Fais craquer les vains scellements,
Épais troupeau des épouvantes,
Hérissé d'étincellements!
Surgis des étables funèbres
Où te nourrissaient mes ténèbres
De leur fabuleuse foison!
Bondis, de rêves trop repue,
Ô horde épineuse et crépue,
Et viens fumer dans l'or, Toison!

*

Telle, toujours plus tourmentée,
Déraisonne, râle et rugit
La prophétesse fomentée
Par les souffles de l'or rougi.
Mais enfin le ciel se déclare!
L'oreille du pontife hilare
S'aventure vers le futur:
Une attente sainte la penche,
Car une voix nouvelle et blanche
Échappe de ce corps impur.

*

Ah! Quebra os portões viventes!
As inúteis trancas rachando
Espesso rebanho de espantos,
Se arrepia incandescente!
De currais fúnebres surgindo
Minhas trevas vão te nutrindo
De fabulosa profusão!
Salta, de sonhos saciada,
Ó horda espinhosa e crispada,
E se esfuma no ouro, Tosão!

*

Cada vez mais atormentada,
Desatina, estertora, avermelha
A profetiza fomentada
Pelos sopros do ouro vermelho.
E enfim o céu se manifesta!
A orelha do prelado em festa
Se aventura rumo ao futuro:
Uma espera santa a inclina,
E uma voz nova e cristalina
Escapa desse corpo impuro.

*

Honneur des Hommes, Saint LANGAGE,
Discours prophétique et paré,
Belles chaînes en qui s'engage
Le dieu dans la chair égaré,
Illumination, largesse!
Voici parler une Sagesse
Et sonner cette auguste Voix
Qui se connaît quand elle sonne
N'être plus la voix de personne
Tant que des ondes et des bois!

Honra Humana, Santa LINGUAGEM,
Fala profética e ornada,
Bela corrente e em sua engrenagem
O deus na carne desviada,
Iluminação, alquimia!
Aqui fala a Sabedoria
E soa esta Voz entre vozes,
Que sabe quando soa também
Não ser mais a voz de ninguém
Sendo a das ondas e dos bosques!

Le Sylphe

Ni vu ni connu
Je suis le parfum
Vivant et défunt
Dans le vent venu!

Ni vu ni connu
Hasard ou génie?
À peine venu
La tâche est finie!

Ni lu ni compris?
Aux meilleurs esprits
Que d'erreurs promises!

Ni vu ni connu,
Le temps d'un sein nu
Entre deux chemises!

O Silfo

Nem visto ou sabido
O perfume vou sendo
Vivendo e morrendo
No vento vou vindo!

Nem visto ou sabido
Acaso ou um gênio?
Assim que eu venho
O trabalho está findo!

Mal dito e mal lido?
Os sábios enleio
Com falsas premissas!

Nem visto ou sabido,
O tempo de um seio
Nu entre as camisas!

L'Insinuant

Ô courbes, méandre,
Secrets du menteur,
Est-il art plus tendre
Que cette lenteur?

Je sais où je vais,
Je t'y veux conduire,
Mon dessein mauvais
N'est pas de te nuire…

(Quoique souriante
En pleine fierté,
Tant de liberté
Te désoriente!)

Ô Courbes, méandres,
Secrets du menteur,
Je veux faire attendre
Le mot le plus tendre.

O insinuante

Curvas, sinuosidade,
Segredos de quem mente,
E a mais terna arte
Se faz lentamente?

Eu sei meu caminho,
Vou te conduzir,
Meu cruel destino
Não vai te ferir...

(Assim se contenta
Ficando à vontade,
Tanta liberdade
Te desorienta!)

Curvas, sinuosamente,
Segredos de quem mente,
E que fique à espera
A palavra mais terna.

La Fausse Morte

Humblement, tendrement, sur le tombeau charmant
    Sur l'insensible monument,
Que d'ombres, d'abandons, et d'amour prodiguée,
    Forme ta grâce fatiguée,
Je meurs, je meurs sur toi, je tombe et je m'abats,

Mais à peine abattu sur le sépulcre bas,
Dont la close étendue aux cendres me convie,
Cette morte apparente, en qui revient la vie,
Frémit, rouvre les yeux, m'illumine et me mord,
Et m'arrache toujours une nouvelle mort
    Plus précieuse que la vie.

A falsa morta

Humilde e ternamente, sobre a tumba que enfeitiça,
  Sobre esta imóvel pedra fria,
Quanto abandono, sombra e amor se desperdiça
  E forma tua graça que exauria,
Eu morro sobre ti, tombo e me rebaixo,

E apenas abatido sobre o sepulcro baixo,
Cuja estreita extensão às cinzas me convida,
Esta morte aparente, a que revém a vida,
Freme, os olhos reabre, ilumina e me morde,
E então me arranca sempre uma nova morte
  Mais preciosa que a vida.

Ébauche d'un serpent

à Henri Ghéon

Parmi l'arbre, la brise berce
La vipère que je vêtis;
Un sourire, que la dent perce
Et qu'elle éclaire d'appétits,
Sur le Jardin se risque et rôde,
Et mon triangle d'émeraude
Tire sa langue à double fil…
Bête que je suis, mais bête aiguë,
De qui le venin quoique vil
Laisse loin la sage ciguë!

Suave est ce temps de plaisance!
Tremblez, mortels! Je suis bien fort
Quand jamais à ma suffisance,
Je bâille à briser le ressort!
La spendeur de l'azur aiguise
Cette guivre qui me déguise
D'animale simplicité;
Venez à moi, race étourdie!
Je suis debout et dégourdie,
Pareille à la nécessité!

Esboço de serpente

a Henri Ghéon

Entre a árvore, a brisa embala
A víbora que eu vesti;
Um sorriso, que o dente tala
E o apetite atiça ali,
No Jardim a ronda é arriscada,
E meu triângulo de esmeralda
Mostra a língua de duplo fio...
Besta que eu sou, mas besta arguta,
Cujo veneno, ainda que vil
Deixa longe a sábia cicuta!

Suave é este tempo quente!
Tremei, mortais! Mais forte fico
Se nunca suficientemente
Bocejo até quebrar o bico!
O esplendor do azul aguça
A hidra que me disfarça
De uma animal simplicidade;
Vinde a mim, raça atordoada!
Estou em pé e desacanhada,
Semelhante à necessidade!

Soleil, soleil!... Faute éclatante!
Toi qui masques la mort, Soleil,
Sous l'azur et l'or d'une tente
Où les fleurs tiennent leur conseil;
Par d'impénétrables délices,
Toi, le plus fier de mes complices,
Et de mes pièges le plus haut,
Tu gardes le cœur de connaître
Que l'univers n'est qu'un défaut
Dans la pureté du Non-être!

Grand Soleil, qui sonnes l'éveil
À l'être, et de feux l'accompagnes,
Toi qui l'enfermes d'un sommeil
Trompeusement peint de campagnes,
Fauteur des fantômes joyeux
Qui rendent sujette des yeux
La présence obscure de l'âme,
Toujours le mensonge m'a plu
Que tu répands sur l'absolu,
Ô roi des ombres fait de flamme!

Sol, sol!... Brilhante desacerto!
Sol, tu que mascaras a morte,
Sob o azul e o ouro de um teto
Onde as flores têm sua corte;
Pela delícia impenetrável,
Meu cúmplice mais confiável,
E meu embuste mais perfeito,
Poupas ao coração saber
Que o universo é só um defeito
Na pureza do Não-ser!

Sol, que soas o despertar
Ao ser, de fogos o iluminas,
Tu que o encerras ao sonhar
Fingindo pintar as campinas,
Fautor de felizes espectros
Que fazem os olhos sujeitos
À presença obscura da alma,
A mim sempre agradam mentiras
Que sobre o absoluto estiras,
Rei das sombras, feito de flama!

Verse-moi ta brute chaleur,
Où vient ma paresse glacée
Rêvaser de quelque malheur
Selon ma nature enlacée...
Ce lieu charmant qui vit la chair
Choir et se joindre m'est très cher!
Ma fureur, ici, se fait mûre;
Je la conseille et la recuis,
Je m'écoute, et dans mes circuits,
Ma méditation murmure...

Ô Vanité! Cause Première!
Celui qui règne dans les Cieux,
D'une voix qui fut la lumière
Ouvrit l'univers spacieux.
Comme las de son pur spectacle,
Dieu lui-même a rompu l'obstacle
De sa parfaite éternité;
Il se fit Celui qui dissipe
En conséquences, son Principe,
En étoiles, son Unité.

Que teu calor bruto me cubra,
Lá onde a preguiça gelada
Algum infortúnio elocubra
Em minha natureza enlaçada...
Amo o feitiço deste lugar
Que viu a carne cair e juntar-se!
Minha fúria, aqui, faz-se madura;
Lhe aconselho entre suplícios,
Eu me escuto e em meus circuitos,
Minha meditação murmura...

Ó Vaidade que Tudo conduz!
Quem nos Céus tem seu reinado,
Com a voz que foi a luz
Abriu o universo alargado.
Lasso de seu puro espetáculo,
Deus mesmo rompeu o obstáculo
De sua perfeita eternidade;
E fez-se Aquele que dispersa
Em efeitos, onde Começa,
Em estrelas, sua Unidade.

Cieux, son erreur! Temps, sa ruine!
Et l'abîme animal, béant!...
Quelle chute dans l'origine
Étincelle au lieu de néant!...
Mais, le premier mot de son Verbe,
MOI!... Des astres le plus superbe
Qu'ait parlés le fou créateur,
Je suis!... Je serai!... J'illumine
La diminution divine
De tous les feux du Séducteur!

Objet radieux de ma haine,
Vous que j'aimais éperdument,
Vous qui dûtes de la géhenne
Donner l'empire à cet amant,
Regardez-vous dans ma ténèbre!
Devant votre image funèbre,
Orgueil de mon sombre miroir,
Si profond fut votre malaise
Que votre souffle sur la glaise
Fut un soupir de désespoir!

Céus, seu erro! Tempo, ruína!
E o abismo animal se alarga!...
A queda no que se origina
É faísca ao invés de nada!...
Primeiro dito de seu Verbo,
EU!... Dos astros o mais soberbo
Que disse o louco criador,
Eu sou!... Eu Serei!... Eu ilumino
O encolhimento divino
Com os fogos do Sedutor!

De meu ódio objeto radiante,
Vós que de amor me envenena
Vós que devíeis da geena
Dar o império a este amante,
Enxergai-vos em meu ser lúgubre!
Ante a vossa imagem fúnebre,
Orgulho de meu escuro espelho,
O mal-estar tomou-te todo
E vosso sopro sobre o lodo
Foi suspirar de desespero!

En vain, Vous avez, dans la fange,
Pétri de faciles enfants,
Qui de Vos actes triomphants
Tout le jour Vous fissent louange!
Sitôt pétris, sitôt soufflés,
Maître Serpent les a sifflés,
Les beaux enfants que Vous créâtes!
Holà! dit-il, nouveaux venus!
Vous êtes des hommes tout nus,
Ô bêtes blanches et béates!

À la ressemblance exécrée,
Vous fûtes faits, et je vous hais!
Comme je hais le Nom qui crée
Tant de prodiges imparfaits!
Je suis Celui qui modifie,
Je retouche au cœur qui s'y fie,
D'un doigt sûr et mystérieux!...
Nous changerons ces molles œuvres,
Et ces évasives couleuvres
En des reptiles furieux!

Em vão, na lama procurastes
Modelar os fáceis infantes,
Que aos Vossos atos triunfantes
Teceram loas incessantes!
Ora moldados ou soprados,
Por Mestre Serpente assobiados,
As vossas lindas criaturas!
Olá! disse aos recém-chegados!
Sois homens todos desnudados,
Ó bestas tão brancas e puras!

À infanda semelhança feitos,
Execráveis, e eu vos odeio!
Como odeio o Nome que veio
Criar prodígios imperfeitos!
Eu sou Aquele que transforma,
E as almas confiantes reforma,
Com dedos certos, misteriosos!...
Mudamos essas moles obras,
E dessas evasivas cobras
Faremos répteis furiosos!

Mon Innombrable Intelligence
Touche dans l'âme des humains
Un instrument de ma vengeance
Qui fut assemblé de tes mains!
Et ta Paternité voilée,
Quoique, dans sa chambre étoilée,
Elle n'accueille que l'encens,
Toutefois l'excès de mes charmes
Pourra de lointaines alarmes
Troubler ses desseins tout-puissants!

Je vais, je viens, je glisse, plonge,
Je disparais dans un cœur si pur!
Fut-il jamais de sein si dur
Qu'on n'y puisse loger un songe!
Qui que tu sois, ne suis-je point
Cette complaisance qui poind
Dans ton âme lorsqu'elle s'aime?
Je suis au fond de sa faveur
Cette inimitable saveur
Que tu ne trouves qu'à toi-même!

Minha Inteligência Infinita
Na alma dos homens se lança
Um instrumento da vingança
Com as minhas mãos reunida!
E como Pai estás velado,
Por mais que em meu quarto estrelado,
Acolha apenas os incensos,
Mas meus feitiços transbordantes
Talvez com alarmes distantes
Turve os poderosos intentos!

Deslizo e salto, tiro e ponho,
E afundo num coração puro!
Haverá um seio tão duro
Que não possa alojar um sonho!
Quem quer que sejas, não me cabe
A complacência que se abre
Na tua alma quando se adora?
Sou o fundo de seu favor
Esse inimitável sabor
Que só em ti encontras agora!

Ève, jadis, je la surpris,
Parmi ses premières pensées,
La lèvre entr'ouverte aux esprits
Qui naissaient des roses bercés.
Cette parfaite m'apparut,
Son flanc vaste et d'or parcouru
Ne craignant le soleil ni l'homme;
Tout offerte aux regards de l'air
L'âme encore stupide, et comme
Interdite au seuil de la chair.

Ô masse de béatitude,
Tu es si belle, juste prix
De la toute sollicitude
Des bons et des meilleurs esprits!
Pour qu'à tes lèvres ils soient pris
Il leur suffit que tu soupires!
Les plus purs s'y penchent les pires,
Les plus durs sont les plus meurtris...
Jusques à moi, tu m'attendris,
De qui relèvent les vampires!

Eva, eu a surpreendi, um dia,
Em pensamentos inauditos,
O lábio entreaberto aos espíritos
Que das rosas calmas nasciam.
Ela me apareceu perfeita,
Com larga anca de ouro feita,
Nem homem nem sol ela temia;
Se ofertando aos olhares do ar
A alma ainda néscia, parecia
Vedada à carne, em seu limiar.

Ó massa de beatitude,
És tão bela, vales tudo isto
Para toda solicitude
Dos bons e melhores espíritos!
Para que teu lábio essa gente
Prenda, um suspiro é suficiente!
Ao pior tendem os mais puros,
Os mais duros sofrem martírios...
Até eu fico menos duro,
Tu que despertas os vampiros!

Oui! De mon poste de feuillage
Reptile aux extases d'oiseau,
Cependant que mon babillage
Tissait de ruses le réseau,
Je te buvais, ô belle sourde!
Calme, claire, de charmes lourde,
Je dormirais furtivement,
L'œil dans l'or ardent de ta laine,
Ta nuque énigmatique et pleine
Des secrets de ton mouvement!

J'étais présent comme une odeur,
Comme l'arome d'une idée
Dont ne puisse être élucidée
L'insidieuse profondeur!
Et je t'inquiétais, candeur,
Ô chair mollement décidée,
Sans que je t'eusse intimidée,
À chanceler dans la splendeur!
Bientôt, je t'aurai, je parie,
Déjà ta nuance varie!

Sim! Do meu posto de folhagens
Réptil com êxtase de pássaro,
Balbuciando umas bobagens
Com ciladas a rede eu faço,
Da bela surda embebedado!
Calmo, claro e enfeitiçado,
Eu dormirei furtivamente,
De olho no ouro da lã ardente,
Tua nuca enigma e portento
Dos segredos do teu movimento!

E eu presente como um odor,
Como o aroma de uma ideia
Da qual ninguém elucidou
As profundezas de sua teia!
E eu te inquietava, candor,
Carne pouco determinada,
Sem que fosses intimidada,
A vacilar no esplendor!
Logo eu te pego, apostaria!
Tua nuança já varia!

(La superbe simplicité
Demande d'immense égards!
Sa transparence de regards,
Sottise, orgueil, félicité,
Gardent bien la belle cité!
Sachons lui créer des hasards,
Et par ce plus rare des arts,
Soit le cœur pur sollicité;
C'est là mon fort, c'est là mon fin,
À moi les moyens de ma fin!)

Or, d'une éblouissante bave,
Filons les systèmes légers
Où l'oisive et l'Ève suave
S'engage en de vagues dangers!
Que sous une charge de soie
Tremble la peau de cette proie
Accoutumée au seul azur!...
Mais de gaze point de subtile,
Ni de fil invisible et sûr,
Plus qu'une trame de mon style!

(A soberba simplicidade
Requer cuidados permanentes!
São os olhares transparentes,
Tolice, orgulho, felicidade,
Que guardam a bela cidade!
Saibamos criar-lhe acasos,
Seja esta rara arte um caso
Que o coração puro aguarde;
Esse é meu forte, meu confim,
A mim os meios do meu fim!)

De uma saliva surpreendente,
Sistemas leves são tecidos
Onde o ócio e Eva suavemente
Se engaja em vagos perigos!
E sob uma carga de seda
A pele dessa presa ceda
Acostumada ao céu anil!...
Ali não há gaze mais sutil,
Nem firme ou invisível fio
Como a trama de meu buril!

Dore, langue! dore-lui les
Plus doux des dits que tu connaisses!
Allusions, fables, finesses,
Mille silences ciselés,
Use de tout ce qui lui nuise:
Rien qui ne flatte et ne l'induise
À se perdre dans mes desseins,
Docile à ces pentes qui rendent
Aux profondeurs des bleus bassins
Les ruisseaux qui des cieux descendent!

Ô quelle prose non pareille,
Que d'esprit n'ai-je pas jeté
Dans le dédale duveté
De cette merveilleuse oreille!
Là, pensais-je, rien de perdu;
Tout profite au cœur suspendu!
Sûr triomphe! si ma parole,
De l'âme obsédant le trésor,
Comme une abeille une corolle
Ne quitte plus l'oreille d'or!

Doura, língua! leve-a aos dourados
Dos doces ditos que conheces!
Alusões, fábulas, finesses,
E mil silêncios cinzelados,
Usa de tudo que a destrua:
Do que adula ao que a induza
A se perder em minhas ciladas,
Dócil aos declives que ligam
Às fundas bacias azuladas
Os rios que dos céus deslizam!

Mas ó que prosa sem parelha,
Tanto espírito por mim lançado
No dédalo mais delicado
Dessa maravilhosa orelha!
Lá nada está perdido, eu penso;
Já goza o coração suspenso!
Triunfo! tudo o que eu digo cola
Na alma obcecando o tesouro,
Como uma abelha uma corola,
Que já não deixa a orelha de ouro.

«Rien, lui soufflais-je, n'est moins sûr
Que la parole divine, Ève!
Une science vive crève
L'énormité de ce fruit mûr!
N'écoute l'Être vieil et pur
Qui maudit la morsure brève!
Que si ta bouche fait un rêve,
Cette soif qui songe à la sève,
Ce délice à demi futur,
C'est l'éternité fondante, Ève!»

Elle buvait mes petits mots
Qui bâtissaient une œuvre étrange;
Son œil, parfois, perdait un ange
Pour revenir à mes rameaux.
Le plus rusé des animaux
Qui te raille d'être si dure,
Ô perfide et grosse de maux,
N'est qu'une voix dans la verdure!
— Mais sérieuse l'Ève était
Qui sous la branche l'écoutait!

"Nada, soprei-lhe, é tão inseguro
Quanto a palavra divina, Eva!
Uma ciência viva entreva
Esse enorme fruto maduro!
Não ouças o Ser velho e puro
Que maldiz a breve mordida!
Se a tua boca em sonho vertida,
Sonha a sede com a sorvida seiva,
Esse prazer quase futuro,
É a eternidade fundindo, Eva!"

Ela bebia minha linguagem
Que uma obra estranha erigia;
E seu olho um anjo perdia
Para voltar à minha ramagem.
O mais astuto animal
Que te condena a ser tão dura,
Ó pérfida e plena de mal,
É só uma voz na verdura!
— Mas, séria, Eva ali ficava
E a voz sob o galho escutava!

«Âme, disais-je, doux séjour
De toute extase prohibée,
Sens-tu la sinueuse amour
Que j'ai du Père dérobée?
Je l'ai, cette essence du Ciel,
À des fins plus douces que miel
Délicatement ordonnée...
Prends de ce fruit... Dresse ton bras!
Pour cueillir ce que tu voudras
Ta belle main te fut donnée!»

Quel silence battu d'un cil!
Mais quel souffle sous le sein sombre
Que mordait l'Arbre de son ombre!
L'autre brillait, comme un pistil!
— Siffle, siffle! me chantait-il!
Et je sentais frémir le nombre,
Tout le long de mon fouet subtil,
De ces replis dont je m'encombre:
Ils roulaient depuis le béryl
De ma crête, jusqu'au péril!

"A alma, eu lhe disse, doce pouso
De todo êxtase vetado,
Sentes o amor sinuoso
Que ao nosso Pai foi roubado?
Essa essência vem do Céu,
A fins mais doces que o mel
Delicadamente ordenada...
Pega este fruto... Não esperes!
Para colher o que quiseres
A tua bela mão te foi dada!"

Que silêncio ao bater de um cílio!
Que sopro no seio sombrio
Mordia a Árvore de sua sombra!
Qual um pistil, o outro deslumbra!
Ele me cantava: — Assobia!
E eu sentia partirem-se em mil,
Sob o meu chicote sutil,
As dobras onde eu sucumbia:
Rolavam segundo o berilo
De minha crista, até o perigo!

Génie! Ô longue impatience!
À la fin, les temps sont venus,
Qu'un pas vers la neuve Science
Va donc jaillir de ces pieds nus!
Le marbre aspire, l'or se cambre!
Ces blondes bases d'ombre et d'ambre
Tremblent au bord du mouvement!...
Elle chancelle, la grande urne,
D'où va fuir le consentement
De l'apparente taciturne!

Du plaisir que tu te proposes
Cède, cher corps, cède aux appâts!
Que ta soif de métamorphoses
Autour de l'Arbre du Trépas
Engendre une chaîne de poses!
Viens sans venir! forme des pas
Vaguement comme lourds de roses...
Danse cher corps... Ne pense pas!
Ici les délices sont causes
Suffisantes au cours des choses!...

Ó Gênio! Ó longa impaciência!
Enfim chegou o tempo escasso
E então uma nova Ciência
Jorrará desses pés descalços!
O mármore arfa, o ouro se dobra!
De ouro e âmbar estas obras
Tremem ao rés do movimento!...
Ela vacila, a grande urna,
De onde foge o consentimento
Da aparente taciturna!

Te propuseste, agora gozes!
Cede, ó corpo, a esse enlace!
Que a sede de metamorfoses
Em torno à Árvore do Trespasse
Gere, em cadeia, novas poses!
Venha sem vir! deixe que passe
O passo pesado de rosas...
Dança, ó corpo... Não pensa, ousa!
As delícias aqui são causas
Que bastam ao curso das coisas!...

Ô follement que je m'offrais
Cette infertile jouissance:
Voir le long pur d'un dos si frais
Frémir la désobéissance!...
Déjà délivrant son essence
De sagesse et d'illusions,
Tout l'Arbre de la Connaissance
Échevelé de visions,
Agitait son grand corps qui plonge
Au soleil, et suce le songe!

Arbre, grand Arbre, Ombre des Cieux,
Irrésistible Arbre des arbres,
Qui dans les faiblesses des marbres,
Poursuis des sucs délicieux,
Toi qui pousses tels labyrinthes
Par qui les ténèbres étreintes
S'iront perdre dans le saphir
De l'éternelle matinée,
Douce perte, arôme ou zéphir,
Ou colombe prédestinée,

Ah, loucamente eu me ofertei
A este infértil e estranho gozo:
Ver o frescor puro de um dorso
Fremir ao descumprir a lei!...
Ao desvelar seu fundamento
De sapiência e de ilusões,
A Árvore do Conhecimento
Descabelada de visões,
Seu grande corpo mergulhava
No sol, e o sonho sugava!

Ó grande Árvore, Céu Assombroso,
A mais irresistível Árvore,
Que no fraquejar do mármore,
Sonda um sumo delicioso,
Tu que lanças tais labirintos
Por onde trevas contraindo-se
Irão se perder ali dentro
Do anil, dessa eterna alvorada,
Doce perda, aroma ou vento,
Ou pomba predestinada,

Ô Chanteur, ô secret buveur
Des plus profondes pierreries,
Berceau du reptile rêveur
Qui jeta l'Ève en rêveries,
Grand Être agité de savoir,
Qui toujours, comme pour mieux voir,
Grandis à l'appel de ta cime,
Toi qui dans l'or très pur promeus
Tes bras durs, tes rameaux fumeux,
D'autre part, creusant vers l'abîme,

Tu peux repousser l'infini
Qui n'est fait que de ta croissance,
Et de la tombe jusqu'au nid
Te sentir toute Connaissance!
Mais ce vieil amateur d'échecs,
Dans l'or oisif des soleils secs,
Sur ton branchage vient se tordre;
Ses yeux font frémir ton trésor.
Il en cherra des fruits de mort,
De désespoir et de désordre!

Canta, ó secreto bebedor
Da mais profunda pedraria,
Berço do réptil sonhador
Que levou Eva à fantasia,
Grande Ser, fonte do saber,
Que sempre, para melhor ver,
Cresce ao apelo de teu cimo,
Tu que agitas no ouro puro
Ramas fumosas, braços duros,
E que também, cavando ao abismo,

Podes repelir o infinito
Que é feito de teu crescimento,
E do túmulo até o ninho
Sentir-se só Conhecimento!
Mas o velho amador de xeques,
Que no ouro ocioso o sol seque,
Faça em teus galhos sua torção;
Seus olhos abalam tua sorte,
Que douram os frutos da morte,
De desespero e confusão!

Beau serpent, bercé dans le bleu,
Je siffle, avec délicatesse,
Offrant à la gloire de Dieu
Le triomphe de ma tristesse…
Il me suffit que dans les airs,
L'immense espoir de fruits amers
Affole les fils de la fange…
— Cette soif qui te fit géant,
Jusqu'à l'Être exalte l'étrange
Toute-Puissance du Néant!

Serpente, no azul balança,
Sibilo, com delicadeza,
E à Glória Divina se lança
O triunfo de minha tristeza...
Basta-me que no ar, a larga
Esperança de fruta amarga
Deixe a turba alucinada...
— A sede que te fez tamanha,
Até ao Ser exalta a estranha
Onipotência do Nada!

Les Grenades

Dures grenades entr'ouvertes
Cédant à l'excès de vos grains,
Je crois voir des fronts souverains
Éclatés de leurs découvertes!

Si les soleils par vous subis,
Ô grenades entre-bâillées,
Vous ont fait d'orgueil travaillées
Craquer les cloisons de rubis,

Et que si l'or sec de l'écorce
À la demande d'une force
Crève en gemmes rouges de jus,

Cette lumineuse rupture
Fait rêver une âme que j'eus
De sa secrète architecture.

As romãs

Duras romãs entreabertas
Cedendo ao excesso de sementes,
Creio ver rostos imponentes
Explodindo em descobertas!

Se os sóis a que sucumbis,
Ó romãs entreofertadas,
Fazem, de orgulho trabalhadas,
Rachar os claustros de rubis,

Se estoura o ouro seco da casca,
Por uma força que a arrasta,
E em gemas vermelhas flui,

Essa luminosa ruptura
Faz sonhar uma alma que fui
Com sua secreta arquitetura.

Le Vin perdu

J'ai, quelque jour, dans l'Océan,
(Mais je ne sais plus sous quels cieux),
Jeté, comme offrande au néant,
Tout un peu de vin précieux...

Qui voulut ta perte, ô liqueur?
J'obéis peut-être au devin?
Peut-être au souci de mon cœur,
Songeant au sang, versant le vin?

Sa transparence accoutumée
Après une rose fumée
Reprit aussi pure la mer...

Perdu ce vin, ivres les ondes!...
J'ai vu bondir dans l'air amer
Les figures les plus profondes...

O vinho perdido

Eu, no Oceano, em certo dia,
(Não sei bem sob que céu claro),
Joguei, e ao nada oferecia,
Um pouco desse vinho raro...

Ó licor, quem te quis desfeito?
Respondi a algum adivinho?
Talvez ao meu inquieto peito,
Sonhando sangue, vertendo vinho?

Sua transparência se acostuma
Após uma rosa que esfuma
Retorna a ser tão puro o mar...

Perdido o vinho, ó ébrias ondas!...
No ar amargo eu vi saltar
As figuras as mais profundas...

Intérieur

Une esclave aux longs yeux chargés de molles chaînes
Change l'eau de mes fleurs, plonge aux glaces prochaines,
Au lit mystérieux prodigue ses doigts purs;
Elle met une femme au milieu de ces murs
Qui, dans ma rêverie errant avec décence,
Passe entre mes regards sans briser leur absence,
Comme passe le verre au travers du soleil,
Et de la raison pure épargne l'appareil.

Interior

Uma escrava com os olhos cheios de grilhões fluidos
Molha as minhas flores, mergulha nos vidros,
Nos leitos misteriosos esbanja os dedos puros;
E põe uma mulher no meio desses muros
E nos meus devaneios erra com decência,
Passando entre meus olhos sem quebrar sua ausência,
Tal como o vidro atravessa o sol pelo meio,
Como da razão pura poupa o aparelho.

Le Cimetière marin

Μή, φίλα ψυχά, βίον ἀθάνατον σπεῦδε,
τὰν δ’ ἔμπρακτον ἄντλεῖ μαχανάν.
Pindare, *Pythiques, III.*

Ce toit tranquille, où marchent des colombes,
Entre les pins palpite, entre les tombes;
Midi le juste y compose de feux
La mer, la mer, toujours recommencée!
Ô récompense après une pensée
Qu'un long regard sur le calme des dieux!

Quel pur travail de fins éclairs consume
Maint diamant d'imperceptible écume,
Et quelle paix semble se concevoir!
Quand sur l'abîme un soleil se repose,
Ouvrages purs d'une éternelle cause,
Le Temps scintille et le Songe est savoir.

Stable trésor, temple simple à Minerve,
Masse de calme, et visible réserve,
Eau sourcilleuse, Œil qui gardes en toi
Tant de sommeil sous un voile de flamme,
Ô mon silence!... Édifice dans l'âme,
Mais comble d'or aux mille tuiles, Toit!

O cemitério marinho

Ah, minha alma. Não aspire à vida imortal.
Respire o campo possível
Píndaro, Píticas III

Este teto tranquilo, onde caminham pombas,
Entre os pinhos palpita, palpita entre as tumbas;
O meio-dia a pino ali compõe com fogos
O mar, o mar, que desde sempre recomeça!
Depois de um pensamento a maior recompensa
Sobre a calma dos deuses alongar os olhos!

Puro trabalho de finos raios consuma
Tanto diamante de imperceptível espuma,
E quanta paz parece assim se conceber!
Quando por sobre o abismo um sol enfim repousa,
São puríssimas obras de uma eterna causa,
Em que o Tempo cintila e o Sonho é saber.

Tesouro estável, templo simples a Minerva,
Essa massa de calma, e visível reserva,
Água monumental, Olho que guarda dentro
De si um sono imenso sob um véu de flama,
Ah esse meu silêncio!... Edifício na alma,
Mas um cimo dourado de mil telhas, Teto!

Temple du Temps, qu'un seul soupir résume,
À ce point pur je monte et m'accoutume,
Tout entouré de mon regard marin;
Et comme aux dieux mon offrande suprême,
La scintillation sereine sème
Sur l'altitude un dédain souverain.

Comme le fruit se fond en jouissance,
Comme en délice il change son absence
Dans une bouche où sa forme se meurt,
Je hume ici ma future fumée,
Et le ciel chante à l'âme consumée
Le changement des rives en rumeur.

Beau ciel, vrai ciel, regarde-moi qui change!
Après tant d'orgueil, après tant d'étrange
Oisiveté, mais pleine de pouvoir,
Je m'abandonne à ce brillant espace,
Sur les maisons des morts mon ombre passe
Qui m'apprivoise à son frêle mouvoir.

L'âme exposée aux torches du solstice,
Je te soutiens, admirable justice
De la lumière aux armes sans pitié!
Je te tends pure à ta place première:
Regarde-toi!... Mais rendre la lumière
Suppose d'ombre une morne moitié.

Templo do Tempo, de um suspiro o resumo,
A este ponto puro subo e me acostumo,
E meu olhar marinho todo me entretém;
E como aos deuses minha oferenda suprema,
Uma cintilação que semeia serena
Sobre essa altitude um soberano desdém.

E assim como em gozo se derrete a fruta,
Como em delícia sua ausência se transmuta
Numa boca onde morre o que ela formou,
Eu aqui fumo o meu futuro que se esfuma,
E o céu canta à alma que toda se consuma
A transformação das margens em rumor.

E veja como eu mudo, belo céu e de verdade!
Depois de tanto orgulho e tanta ociosidade;
Tão estranho ócio, mas repleto de poder,
Eu me abandono neste seu brilhante espaço,
Sobre as casas dos mortos minha sombra passa,
E me encontro cativo em seu leve mover.

Às tochas do solstício a alma toda se atiça,
Sou eu quem te sustento, admirável justiça
De uma luz cujas armas são sem piedade!
Eu te devolvo pura ao lugar de onde vens,
Mas devolver a luz, ora veja bem!…
Pressupõe ser de sombra uma morna metade.

Ô pour moi seul, à moi seul, en moi-même,
Auprès d'un cœur, aux sources du poème,
Entre le vide et l'événement pur,
J'attends l'écho de ma grandeur interne,
Amère, sombre, et sonore citerne,
Sonnant dans l'âme un creux toujours futur!

Sais-tu, fausse captive des feuillages,
Golfe mangeur de ces maigres grillages,
Sur mes yeux clos, secrets éblouissants,
Quel corps me traîne à sa fin paresseuse,
Quel front l'attire à cette terre osseuse?
Une étincelle y pense à mes absents.

Fermé, sacré, plein d'un feu sans matière,
Fragment terrestre offert à la lumière,
Ce lieu me plaît, dominé de flambeaux,
Composé d'or, de pierre et d'arbres sombres,
Où tant de marbre est tremblant sur tant d'ombres;
La mer fidèle y dort sur mes tombeaux!

Chienne splendide, écarte l'idolâtre!
Quand solitaire au sourire de pâtre,
Je pais longtemps, moutons mystérieux,
Le blanc troupeau de mes tranquilles tombes,
Éloignes-en les prudentes colombes,
Les songes vains, les anges curieux!

Apenas! Para mim, em mim-mesmo, apenas
Dentro de um coração, nas fontes dos poemas,
Entre o vazio e o acontecimento puro,
Espero o eco de minha grandeza interna,
Amarga, sombria, e sonora cisterna,
Ressoando na alma um oco sempre futuro!

Falsa cativa das folhagens, tu bem sabes,
Golfo comedor dessas magras grades,
Em meus olhos cerrados, segredos ardentes,
Que corpo me arrasta a seus fins preguiçosos,
Que rosto me atrai para essa terra de ossos?
Ali uma centelha pensa em meus ausentes.

De um fogo sem matéria, sagrado, enrustido,
Fragmento terrestre à luz oferecido,
Esse lugar, com tantos fachos, me deleita,
Feito de ouro, de pedra e de sombria árvore,
Em meio a tantas sombras estremece o mármore;
O mar fiel ali em minhas tumbas deita!

Cadela esplêndida, afasta o venerador!
Quando sorrindo qual solitário pastor,
Pastoreio por horas carneiros misteriosos,
Branco rebanho de minhas tranquilas tumbas,
Eu quero longe delas as prudentes pombas,
Todos os sonhos vãos, os anjos curiosos!

Ici venu, l'avenir est paresse.
L'insecte net gratte la sécheresse;
Tout est brûlé, défait, reçu dans l'air
À je ne sais quelle sévère essence…
La vie est vaste, étant ivre d'absence,
Et l'amertume est douce, et l'esprit clair.

Les morts cachés sont bien dans cette terre
Qui les réchauffe et sèche leur mystère.
Midi là-haut, Midi sans mouvement
En soi se pense et convient à soi-même…
Tête complète et parfait diadème,
Je suis en toi le secret changement.

Tu n'as que moi pour contenir tes craintes!
Mes repentirs, mes doutes, mes contraintes
Sont le défaut de ton grand diamant…
Mais dans leur nuit toute lourde de marbres,
Un peuple vague aux racines des arbres
A pris déjà ton parti lentement.

Ils ont fondu dans une absence épaisse,
L'argile rouge a bu la blanche espèce,
Le don de vivre a passé dans les fleurs!
Où sont des morts les phrases familières,
L'art personnel, les âmes singulières?
La larve file où se formaient les pleurs.

Tendo chegado aqui, o futuro é preguiça.
Secura que tão só o puro inseto atiça;
E tudo está queimado, tudo se desfigura,
Vem no ar um não sei quê de severa essência...
Vasta é a vida, estando bêbada de ausência,
O espírito é claro e doce a amargura.

Os mortos estão bem nessa terra ocultados
Ela os aquece, seus mistérios ressecados.
Meio-dia a pino, sem movimentação
Em si mesmo se pensa e a si mesmo afeito...
Cabeça completa e diadema perfeito,
Eu sou em ti a mais secreta mutação.

Só tens a mim para conter os teus tormentos!
Minhas travas e dúvidas e arrependimentos
São o defeito de teu grande diamante...
Mas em sua pesada noite de mármores
Um povo vagueando entre raízes de árvores
Já se alinhou ao teu partido lentamente.

Eles se amalgamaram numa ausência espessa,
A vermelha argila bebeu a branca espécie,
Eis que o dom de viver passou para as flores!
Onde estão dos mortos as frases familiares,
Sua arte pessoal, suas almas singulares?
A larva tece onde se formavam dores.

Les cris aigus des filles chatouillées,
Les yeux, les dents, les paupières mouillées,
Le sein charmant qui joue avec le feu,
Le sang qui brille aux lèvres qui se rendent,
Les derniers dons, les doigts qui les défendent,
Tout va sous terre et rentre dans le jeu!

Et vous, grande âme, espérez-vous un songe
Qui n'aura plus ces couleurs de mensonge
Qu'aux yeux de chair l'onde et l'or font ici?
Chanterez-vous quand serez vaporeuse?
Allez! Tout fuit! Ma présence est poreuse,
La sainte impatience meurt aussi!

Maigre immortalité noire et dorée,
Consolatrice affreusement laurée,
Qui de la mort fais un sein maternel,
Le beau mensonge et la pieuse ruse!
Qui ne connaît, et qui ne les refuse,
Ce crâne vide et ce rire éternel!

Pères profonds, têtes inhabitées,
Qui sous le poids de tant de pelletées,
Êtes la terre et confondez nos pas,
Le vrai rongeur, le ver irréfutable
N'est point pour vous qui dormez sous la table,
Il vit de vie, il ne me quitte pas!

O grito agudo das meninas atiçadas,
Os olhos e os dentes e as pálpebras molhadas,
O seio enfeitiçado brincando com fogo,
O sangue que rebrilha em lábios que se rendem,
Os seus últimos dons, os dedos que os defendem,
E tudo vai por terra e entra ali no jogo!

E tu, grande alma, tens ainda um sonho em mira
Que já não mais terá as cores de mentira
Que aos olhos de carne a onda e o ouro ainda têm?
Tu cantarás quando tu fores vaporosa?
Vai! Tudo foge! Minha presença é porosa,
A santa impaciência há de morrer também!

Magra imortalidade sombria e dourada,
Consoladora terrivelmente louvada,
Tu que da morte fazes um seio materno,
A mais bela mentira e a piedosa rusga!
E quem não as conhece, e quem não as recusa,
Esse crânio vazio e esse seu riso eterno!

Pais profundos, cabeças desabitadas,
Que sob o grande peso de tantas enxadas,
Sois a terra e confundis o nosso passo,
O vero roedor, verme não refutado
Não é feito para aquele que dorme sentado,
De vida ele vive e me segue sem cansaço!

Amour, peut-être, ou de moi-même haine?
Sa dent secrète est de moi si prochaine
Que tous les noms lui peuvent convenir!
Qu'importe! Il voit, il veut, il songe, il touche!
Ma chair lui plaît, et jusque sur ma couche,
À ce vivant je vis d'appartenir!

Zénon! Cruel Zénon! Zénon d'Êlée!
M'as-tu percé de cette flèche ailée
Qui vibre, vole, et qui ne vole pas!
Le son m'enfante et la flèche me tue!
Ah! le soleil... Quelle ombre de tortue
Pour l'âme, Achille immobile à grands pas!

Non, non!... Debout! Dans l'ère successive!
Brisez, mon corps, cette forme pensive!
Buvez, mon sein, la naissance du vent!
Une fraîcheur, de la mer exhalée,
Me rend mon âme... Ô puissance salée!
Courons à l'onde en rejaillir vivant.

Oui! Grande mer de délires douée,
Peau de panthère et chlamyde trouée
De mille et mille idoles du soleil,
Hydre absolue, ivre de ta chair bleue,
Qui te remords l'étincelante queue
Dans un tumulte au silence pareil,

Ódio de mim ou amor, quem sabe ao certo?
O seu dente secreto está de mim tão perto
Que qualquer nome lhe é um nome bem preciso!
Não importa! Ele vê, ele quer, sonha e encosta!
Deita comigo e da minha carne gosta,
Eu vivo para pertencer a esse ser vivo!

Ó Zenão! Cruel Zenão! Zenão de Eleia!
Me atravessaste com a tua flecha aérea
Que vibra e que voa, voa sem ter voado!
O som me dá à luz e a flecha mortal me suga!
Ai! o sol… Mas que sombra de tartaruga
Para a alma, e Aquiles se move parado!

Não, não e não!… De pé! À era sucessiva!
Quebra, meu corpo, esta forma pensativa!
Bebe, meu seio, bebe o vento nascente!
Um novo frescor, do mar exalado,
Devolve minha alma… Ó poder salgado!
Vamos até às ondas, jorrando, viventes.

Sim! Gigantesco mar de delírios dotado,
Com pele de pantera e manto perfurado
Pelos mil e mil ídolos do astro solar,
Hidra absoluta, ébria de carne azulada,
Que remorde essa tua cintilante cauda
Em um tumulto que ao silêncio é similar,

Le vent se lève!... Il faut tenter de vivre!
L'air immense ouvre et referme mon livre,
La vague en poudre ose jaillir des rocs!
Envolez-vous, pages tout éblouies!
Rompez, vagues! Rompez d'eaux réjouies
Ce toit tranquille où picoraient des focs!

O vento se levanta!... Tento seguir vivo!
O ar imenso abre e fecha o meu livro,
Vaga em pó nas pedras, ousa jorrar por elas!
Revoem páginas, páginas ofuscadas!
Águas festivas quebrem! E quebrem, ó vagas,
Este teto tranquilo onde bicavam velas!

Ode secrète

Chute superbe, fin si douce,
Oubli des luttes, quel délice
Que d'étendre à même la mousse
Après la danse, le corps lisse!

Jamais une telle lueur
Que ces étincelles d'été
Sur un front semé de sueur
N'avait la victoire fêté!

Mais touché par le Crépuscule,
Ce grand corps qui fit tant de choses,
Qui dansait, qui rompit Hercule,
N'est plus qu'une masse de roses!

Dormez, sous les pas sidéraux,
Vainqueur lentement désuni,
Car l'Hydre inhérente au héros
S'est éployée à l'infini...

Ode secreta

Ó queda incrível, fim tão doce,
Esquece as lutas, que delícia
É escutar a espuma pôr-se
Na dança, o corpo que desliza!

E jamais um tal luminar
Como essas faíscas de sol
Na face a semear o suor
Vencera sem festejar!

Mas ao sentir que o Sol descia,
O corpo que fez tantas coisas,
Que dançava e Hércules rompia,
Não é mais que uma massa de rosas!

Nos passos siderais, dormente
Vencedor, lento e em atrito,
A Hidra aos heróis inerente
Desprendeu-se ao infinito…

Ô quel Taureau, quel Chien, quelle Ourse,
Quels objets de victoire énorme,
Quand elle entre aux temps sans ressource
L'âme impose à l'espace informe!

Fin suprême, étincellement
Qui, par les monstres et les dieux,
Proclame universellement
Les grands actes qui sont aux Cieux!

Ó! Que Touro, que Cão, que Ursa,
Que objetos de glória enorme,
Se entra nos tempos sem recurso
A alma impõe ao espaço informe!

Fim supremo, em brilho disperso
Que, pelos monstros e por deus,
Proclama para o universo
Os grandes atos são dos Céus!

Le Rameur

à André Lebey

Penché contre un grand fleuve, infiniment mes rames
M'arrachent à regret aux riants environs;
Âme aux pesantes mains, pleines des avirons,
Il faut que le ciel cède au glas des lentes lames.

Le cœur dur, l'œil distrait des beautés que je bats,
Laissant autour de moi mûrir des cercles d'onde,
Je veux à larges coups rompre l'illustre monde
De feuilles et de feu que je chante tout bas.

Arbres sur qui je passe, ample et naïve moire,
Eau de ramages peinte, et paix de l'accompli,
Déchire-les, ma barque, impose-leur un pli
Qui coure du grand calme abolir la mémoire.

Jamais, charmes du jour, jamais vos grâces n'ont
Tant souffert d'un rebelle essayant sa défense:
Mais, comme les soleils m'ont tiré de l'enfance,
Je remonte à la source où cesse même un nom.

O remador

a André Lebey

Curvado contra o rio, esses meus remos tantas
Vezes me arrancam das alegres redondezas;
Alma com as mãos cheias do remo, como pesas,
O céu deve ceder ao gládio das pás lentas.

Coração duro, olhar vago no belo em que bato,
Deixando em volta esvair-se em círculos de onda,
Quero com meus golpes romper o ilustre mundo
De folhas e de fogo que não canto tão alto.

Árvores que atravesso, ondulação vasta e clara,
Água que os ramos tingem, paz da perfeita obra,
Meu barco os quebra e os obriga a uma dobra
Que abolindo a memória foge dessa calma.

Ó feitiços do dia, nunca sofreu tanto essa
Graça ensaiando com tamanha insurgência:
Mas, como os sóis me retiraram da infância,
Eu volto à fonte onde até mesmo um nome cessa.

En vain, toute la nymphe énorme et continue
Empêche de bras purs mes membres harassés;
Je romprai lentement mille liens glacés
Et les barbes d'argent de sa puissance nue.

Ce bruit secret des eaux, ce fleuve étrangement
Place mes jours dorés sous un bandeau de soie;
Rien plus aveuglément n'use l'antique joie
Qu'un bruit de fuite égale et de nul changement.

Sous les ponts annelés, l'eau profonde me porte,
Voûtes pleines de vent, de murmure et de nuit,
Ils courent sur un front qu'ils écrasent d'ennui,
Mais dont l'os orgueilleux est plus dur que leur porte.

Leur nuit passe longtemps. L'âme baisse sous eux
Ses sensibles soleils et ses promptes paupières,
Quand, par le mouvement qui me revêt de pierres,
Je m'enfonce au mépris de tant d'azur oiseux.

Mesmo em vão, toda ninfa enorme continua,
Retém com braços puros meus membros cansados;
Romperei lentamente mil elos gelados
E as barbas de prata de sua potência nua.

Este rio estranho, em secreta murmuração,
Põe sob um véu de seda meus dourados dias;
Nada tão cegamente gasta a antiga alegria
Como este imutável ruído da vazão.

Sob os arcos das pontes a água me transporta,
Domos cheios de noite, murmúrio, ventania,
Eles correm num rosto que o tédio esmagaria,
Mas seu osso soberbo é mais duro que a porta.

Sua noite passa lenta. A alma leva ao fundo
Os seus sensíveis sóis, suas prontas pálpebras,
Quando, no movimento que me cobre de pedras,
Apesar desse lânguido azul eu afundo.

Palme

à Jeannie

De sa grâce redoutable
Voilant à peine l'éclat,
Un ange met sur ma table
Le pain tendre, le lait plat;
Il me fait de la paupière
Le signe d'une prière
Qui parle à ma vision:
— Calme, calme, reste calme!
Connais le poids d'une palme
Portant sa profusion!

Pour autant qu'elle se plie
À l'abondance des biens,
Sa figure est accomplie,
Ses fruits lourds sont ses liens.
Admire comme elle vibre,
Et comme une lente fibre
Qui divise le moment,
Départage sans mystère
L'attirance de la terre
Et le poids du firmament!

Palma

a Jeannie

De sua graça e incerteza
Mal velando por seu brilho,
Um anjo coloca à mesa
O pão tenro, o leite frio;
Sua pálpebra me oferece
O sinal de uma prece
Que fala à minha visão:
— Calma, calma, fique calma!
Sinta o peso de uma palma
Da palmeira em profusão!

Desde que ela se dobre
À abundância do que é belo,
Sua figura se resolve,
Frutos densos são seus elos.
Admire como vibra,
E como uma lenta fibra
Que divisa esse momento,
Sem mistério ela encerra,
Toda a atração da terra
E o peso do firmamento!

Ce bel arbitre mobile
Entre l'ombre et le soleil,
Simule d'une sibylle
La sagesse et le sommeil.
Autour d'une même place
L'ample palme ne se lasse
Des appels ni des adieux…
Qu'elle est noble, qu'elle est tendre!
Qu'elle est digne de s'attendre
À la seule main des dieux!

L'or léger qu'elle murmure
Sonne au simple doigt de l'air,
Et d'une soyeuse armure
Charge l'âme du désert.
Une voix impérissable
Qu'elle rend au vent de sable
Qui l'arrose de ses grains,
À soi-même sert d'oracle,
Et se flatte du miracle
Que se chantent les chagrins.

Entre a sombra e o sol cintila
Belo árbitro em movimento:
Simula de uma sibila
Sono e conhecimento.
Em torno de um mesmo espaço
A palmeira sem cansaço
Nega o apelo e os adeuses...
Como é nobre, como é terna!
Como, digna, ela espera
Apenas a mão dos deuses!

Ouro leve ela murmura,
Ouro no ar ressoa certo,
E sua sedosa armadura
Preenche a alma do deserto.
Ela dá ao vento de areia
Uma voz que não rareia
E espalha seus grãos de vida,
Profetiza de si mesma
Se orgulha da proeza
Que entoam suas feridas.

Cependant qu'elle s'ignore
Entre le sable et le ciel,
Chaque jour qui luit encore
Lui compose un peu de miel.
Sa douceur est mesurée
Par la divine durée
Qui ne compte pas les jours,
Mais bien qui les dissimule
Dans un suc où s'accumule
Tout l'arôme des amours.

Parfois si l'on désespère,
Si l'adorable rigueur
Malgré tes larmes n'opère
Que sous ombre de langueur,
N'accuse pas d'être avare
Une Sage qui prépare
Tant d'or et d'autorité:
Par la sève solennelle
Une espérance éternelle
Monte à la maturité!

Contudo, ela se ignora
Por entre a areia e o céu,
E as luzes de cada aurora
Lhe preparam algum mel.
Se mede sua afeição
Por divina duração,
Não conta em dias louvores,
Mesmo assim os dissimula
Em um sumo onde acumula
Todo o aroma dos amores.

E se alguém se desespera,
E se o adorável rigor
Ignora o pranto e opera
Sob a sombra de langor,
Não, não acuse de avara
Uma Sábia que prepara
Tanto ouro e autoridade:
Por sua seiva solene
Uma esperança perene
Alcança a maturidade!

Ces jours qui te semblent vides
Et perdus pour l'univers
Ont des racines avides
Qui travaillent les déserts.
La substance chevelue
Par les ténèbres élue
Ne peut s'arrêter jamais
Jusqu'aux entrailles du monde,
De poursuivre l'eau profonde
Que demandent les sommets.

Patience, patience,
Patience dans l'azur!
Chaque atome de silence
Est la chance d'un fruit mûr!
Viendra l'heureuse surprise:
Une colombe, la brise,
L'ébranlement le plus doux,
Une femme qui s'appuie,
Feront tomber cette pluie
Où l'on se jette à genoux!

Seus dias indiferentes
Como se ao léu no universo
Fincam raízes ardentes
Que trabalham os desertos.
Substância vasta e repleta
Vai pelas trevas eleita
Sem parar o seu destino
Até as entranhas do mundo,
Segue o rio mais profundo
Que demandam os seus cimos.

Paciência, muita paciência,
Paciência no azul seguro!
Cada átomo de silêncio
Enseja um fruto maduro!
Virá a feliz surpresa:
Uma pomba, uma brisa,
O que mais doce estremece,
Uma mulher que se curva,
Farão cair essa chuva
Que de joelhos se agradece!

Qu'un peuple à présent s'écroule,
Palme!... irrésistiblement!
Dans la poudre qu'il se roule
Sur les fruits du firmament!
Tu n'as pas perdu ces heures
Si légère tu demeures
Après ces beaux abandons;
Pareille à celui qui pense
Et dont l'âme se dépense
À s'accroître de ses dons!

Que um povo pereça agora,
Ó palma!... Ninguém resiste!
Na poeira em que ele rola
Sobre o seu fruto celeste!
Não perdestes essas horas
Se leve tu te demoras
Nesses belos abandonos;
Igual àquele que pensa
E cuja alma se dispensa
A crescer com esses seus dons!

SITUAÇÃO DE VALÉRY NO BRASIL

Roberto Zular
Álvaro Faleiros

Para situar o leitor desta primeira tradução integral dos *Feitiços* de Paul Valéry, pareceu-nos importante apresentar os modos de circulação de sua poesia no Brasil. Poucos poetas estrangeiros foram tão lidos, traduzidos e comentados por estas terras ao longo dos últimos cem anos. Para entrarmos nessa pequena odisseia que nos levará de Mário, Drummond e Bandeira até a poesia concreta, Sebastião Uchoa Leite e Waly Salomão, passando por Murilo Mendes e João Cabral, entre tantos outros, partiremos do próprio modo como Valéry pensa a "situação" do poeta no mundo moderno. A análise dessa situação caminha junto com uma crítica das condições — mais precárias do que gostaríamos — da própria modernidade em um movimento complexo que, paradoxalmente, o tornou um clássico moderno.

Com efeito, em 1924, Paul Valéry faz uma importante conferência em Mônaco intitulada "Situação de Baudelaire". Nessa conferência, que anos mais tarde João Alexandre Barbosa escolheria como texto inicial de sua antologia dos ensaios de *Variedades*, a palavra "situação" revela-se como a possibilidade de explorar a complexidade da obra de arte tomada como ato: as condições materiais de produção e a situação de enunciação produzida na e pela linguagem; o processo e a obra; a voz e a escrita; os tempos históricos heterogêneos que se cruzam no poema e na leitura; uma política do pensamento como tradução generalizada; enfim, as questões de Estado da poesia, a vaidade e a verdade da busca por uma voz singular, a incompreensão e a glória. Baudelaire, como Valéry, é um clássico, não apenas porque traz um crítico em si mesmo, mas porque essa crítica explode as múltiplas dimensões em jogo no ato artístico e não se deixa seduzir pelos "ismos" que reduzem a arte a apenas um ou dois de seus parâmetros construtivos.

Para Baudelaire e sua "modernidade", tratava-se ainda, segundo Valéry, de "situar-se" no coração do romantismo francês: uma necessidade pessoal profunda de se diferenciar e, sobretudo, não deixar a voz do romantismo se identificar unicamente com a voz de Victor Hugo. Podia assim trazer outras camadas de sentido, perturbar a homogeneidade histórica do movimento, atravessá-lo por uma ação refletida, por materiais mais complexos, mesmo que para isso fosse necessário "perder em intensidade aparente, em abundância, em movimento oratório, o que eles ganharam em profundidade, em verdade, em qualidade técnica e intelectual" (Œ I, p. 604).[1]

Esse "romantismo" implicava outra dimensão histórica, ligando Baudelaire ao teor crítico do primeiro romantismo alemão que ressoava, via Coleridge, em Edgar Allan Poe:

> Há nos melhores versos de Baudelaire uma combinação de carne e espírito, uma mistura de solenidade, calor e amargura, de eternidade e intimidade, uma aliança raríssima de vontade com harmonia, que os distingue claramente tanto dos versos românticos como dos versos parnasianos. (Œ I, p. 610)

A situação de Valéry no momento de escrita da conferência não deixa de ter relação com aquela de Baudelaire. As vanguardas dominavam a cena literária e Valéry tinha suas ressalvas ao surrealismo depois de anos de relação com André Breton.[2] Ao lado dessa ebulição vanguardista, havia também a questão da "poesia pura" e a emergência dessa grande linhagem moderna, cujos pontos de partida e de chegada, na França, são precisamente Baudelaire e Valéry. Segundo William Marx (2002, p. 69):

> [...] grosso modo, a doutrina aceita hoje em dia na história da literatura é aquela que foi duplamente confirmada, dos dois lados do Atlântico, por dois autores-chave, Edmund Wilson e seu *O castelo de Axel*, em 1931, depois, em 1933, *De Baudelaire ao Surrealismo*, por Michel Raymond. Para Wilson e para Raymond, que tiveram o mérito de fornecer as primeiras interpretações coerentes do modernismo literário, Baudelaire se situa inegavelmente no ponto de partida de uma linhagem poética que passa por Mallarmé e pelo simbolismo, e não conduz a ninguém menos que Eliot e Valéry.

Essa leitura de Valéry, que afinal estava paradoxalmente no auge da glória, se teve o mérito de estabelecer uma linha de intelegibilidade crucial para a crítica dita formalista, ao mesmo tempo obliterou a complexidade da obra e da relação de Valéry com a história e com a história literária. Como notou no calor da hora, em 1924, um atento Sérgio Buarque de Holanda (1996, p. 188):

> [...] as diferenças entre os críticos a respeito de Valéry são de molde a deixar os leitores na maior das perplexidades. A poesia toda contenção (e não formismo como é fácil supor) do artista de *Charmes* e de *La jeune*

---

[1] As referências às *Œuvres* de Paul Valéry serão mencionadas no corpo do texto como "Œ", seguidas do número de página.

[2] Para Valéry, era como se a escrita automática e a associação de ideias fossem parte importante do processo, mas, como escreveu a Breton, depois disso ainda seria preciso escrever o poema.

parque não desaprova apesar de tudo uma constante colaboração do leitor. E é por isso que cada qual a cria à sua imagem. Houve quem descobrisse um Valéry escolástico, outro, o sr. Daniel Halévy, conseguiu construir um Valéry hegeliano, o sr. Thibaudet, um Valéry bergsonista e finalmente Lucien Fabre, que constata essas divergências, vê um Valéry positivista!

Talvez seja interessante perceber que a obra de Valéry é um pouco de tudo isso, mas sobretudo um espaço de articulação entre as infinitas maneiras de se estar em um poema, tensionando a relação entre processo e obra e, como bem notou Sérgio Buarque de Holanda, mantendo uma forte contenção entre essas instâncias, a qual, mais do que um "formismo", instaura o signo linguístico na sua equivocidade, isto é, na coincidência de mais de um modo de significação, deixando para os leitores uma verdadeira abertura de sentido.

Como mostra William Marx no artigo citado e também Marcos Siscar (2010) em "O precedente: O tom da voz em Paul Valéry", não se trata apenas de uma síntese feliz entre uma métrica rigorosa que agradaria à crítica tradicionalista e um hermetismo mallarmeano que permitiria a adesão dos mais jovens mas, sim da construção do poema como um limiar entre a voz que existe e a voz que vem e deve vir. Para Siscar é decisiva a "necessidade de reconhecer a arquitetura som/sentido no interior do problema das oscilações do tom da voz" (2010, p. 219). Nesse atravessamento de vozes heterogêneas, no mínimo entre as vozes e os pontos de vista internalizados no poema e em sua recepção, cria-se uma diferença de potencial que transforma o poema em uma partilha de vozes onde se joga toda a política, a questão de Estado de que falávamos: o poema como uma partitura em que o máximo de capacidades e afecções são acionadas. Como escreveu Valéry a respeito de Baudelaire, "o próprio daquilo que é realmente geral é a sua fecundidade" (Œ I, p. 612). E é como rastro do movimento da passagem do corpo em ato (carne e espírito) — "As minhas/ duas naturezas vão se unir" diria "A Pítia" — que o poema aciona corpos e produz singularidades.

Assim, se Baudelaire e Valéry podem ser postos em relação é pela fecundidade que esse atrito produz, e não por uma linha evolutiva e exclusiva que oblitera outros caminhos da modernidade. Esse atrito fecundo vem da própria tensão que, acionando outra dimensão temporal e outros espaços de relação via Poe, produz uma historicidade da poesia francesa como se Baudelaire fosse uma espécie de big bang gerado *après coup* por Rimbaud, Verlaine e Mallarmé (que o criam como precursor). Nesses fios da malha complexa da recepção de um poeta-crítico com o alcance de Valéry, é importante evitar a falsa dicotomia que, por um lado, leva de Baudelaire a Valéry e, por outro, mostra como Valéry fabrica seus precursores, pois o que interessa é a implicação recíproca desses dois movimentos, isto é, a co-incidência de mais de uma historicidade que marca a modernidade de Valéry (Zular, 2001).

Se nos voltarmos para os poemas de *Feitiços*, como aponta Marx (2002, p. 870), veremos como essas diferentes temporalidades produzem uma "poesia de vocação ontológica". É o modo de existência do poema e da linguagem que aí se coloca em jogo. Para Marx, teríamos um verso que traria o gesto hermético e a opacidade de Mallarmé postos lado a lado com um fundo temático neoclássico. Mas, também, não é difícil ver uma inversão forma-fundo na qual um verso radicalmente anacrônico de extração clássica repropõe uma contemporaneidade avassaladora para a sobrevivência dos mitos. Nessa inversão, o neoclássico se impõe como uma atualização contínua que dá espessura histórica a questões modernas, como também faria Freud, que escapam ao imediatismo da vida no capitalismo avançado.

Não se trata, portanto, de um neoclassicismo, mas da instauração de outro regime de temporalidade que atravessa os espaços de experiência dados, criando novos horizontes de expectativas pela singularidade de sua relação com o passado como duração e reminiscência. Como as Ninfas de Aby Warburg, retomadas por Didi-Huberman (2002), as imagens clássicas (que já eram sobrevivências) que reencenada por Valéry mostram o quanto elas sobrevivem, o quanto estão presentes na sua aparente ausência, o quanto o modo de sobrevivência das imagens no poema nos coloca diante de uma imagem que é sempre mais do que ela e que é atravessada por outras imagens, por outros tempos, ritmos-imagens, daquilo de que elas são imagem.

Trata-se de um espaço metafórico intervalar que é também um intervalo entre duas metáforas, a mostrar esse lugar — eis a situação — de quase-existência, esse virtual que se cria entre o ato e suas ressonâncias, as temporalidades que as imagens carregam. A hesitação prolongada é esse espaço intervalar de atravessamento de um ato por mais de uma determinação (a sonoridade e a sintaxe, por exemplo), da história por mais de uma historicidade, de uma imagem pelos fluxos heterogêneos que fazem dela imagem.

Se a poesia é essa hesitação prolongada entre som e sentido, ritmo e imagem, o verso, para Valéry, torna-se um espaço de regulação dessa relação. Nem um verso parnasiano que tem a métrica e a rima como um princípio hierárquico, nem um verso "livre" modernista que tem na posição soberana do escritor o crivo do que conta como verso. O verso funciona como uma "correlação regular", um plano de consistência que mantém uma relação tensa entre todos os parâmetros compositivos sem permitir que nenhum deles (nem o próprio verso) se torne o único princípio hierárquico (e, por isso, do nosso ponto de vista, Valéry não é um "formalista").

Como mostram os manuscritos de *Feitiços* apresentados por Florence de Lussy (1990-1996), o verso se mantém como espécie de atrator da multiplicidade infinita que se dá na escrita de um poema. Os afetos (e, mais, a variação entre os afetos), os outros textos, as questões de poética, as imagens, as metáforas, os desdobramentos do pensamento, as relações, a sintaxe, os cálculos, as contingências, o acaso... O verso é aí um espaço de correlação entre o que veio e o que está por vir, como a rima — reforço do verso — que para Valéry importava menos pelas palavras que aproxima do que, como bem se nota num poema como "Os passos", pela espera que instaura.

Para retornarmos a centralidade da crise do verso enfatizada por Siscar via Mallarmé (2010), trata-se aqui de expandir o alcance histórico de um certo modo de organização da linguagem (o verso) como regulador das infinitas variações heterogêneas do processo (cf. Maniglier, 2006). É porque tudo está em variação, em constante transformação, reenviando continuamente de um plano a outro — da ideia à semântica, do afeto à linguagem, do desenho à letra, do ritmo à imagem — que é preciso atentar para os modos de organização que *também* são parte dessa dinâmica. Nem a determinação, nem a indeterminação, mas uma sobredeterminação dos diferentes planos postos em jogo (Maniglier, 2005). Assim, passa-se, por exemplo, do estado de espera de "Os passos" à ênfase da escolha em "A abelha", das variações das posições enunciativas em "O cemitério marinho" ao jogo das vozes em "Esboço de serpente".

O próprio verso também não se autodetermina, pois só se articula enquanto verso na relação com o poema, e este ganha outro sentido no interior do livro que suscita uma volta ao verso e assim infinitamente. Tanto que, como mostra Lussy, os poemas só foram terminados quando a estrutura do livro como um todo se formou, possibilitando um retorno ao verso e a um outro nível de articulação das formas de acabamento. Esse movimento entre diferentes escalas e diferentes qualidades sensíveis vai se refinando indefinidamente, passando por modos cada vez mais sutis de articulação mesmo entre o sensível e o discreto, em um processo de modulação estudado com vagar por Fabio Roberto Lucas (2016, 2017).

Essa passagem entre planos, essa superfície entre domínios heterogêneos é a força daquela "filosofia simbolista" que Maniglier (2006, p. 256) associa ao pensamento linguístico de Saussure, pois como o verso e a poética dupla de Valéry, o signo também é esse ser duplo, material e espiritual, uma relação, uma associação que faz ressoar um sistema de ecos interior não ao sujeito, mas ao mundo: uma realidade qualitativa que se objetiva na evocação que a faz signo, equívoco como o verso, múltiplo como o poema, um modo particular de existência como o livro.

O anacronismo deliberado de Valéry, o simbolismo das sensações que não separa o sensível do inteligível (pois que este também é uma relação entre qualidades sensíveis) encontram aqui uma insuspeitada vocação ontológica: vocação, pelo outro modo de ser da voz, e ontológica porque, eivado de voz, o signo carrega outros modos de existência que, como queria Valéry e admirava Benjamim (1994), coloca em xeque os ideais de progresso, de utilidade imediata, de monetarização do futuro (como do passado), do culto ao novo. Daí ser importante entender esse aspecto do pensamento valeriano como uma crítica à modernidade, que pretende não fazer tábula rasa do passado e se abre à escuta de outras temporalidades (mesmo de outros modos de relação — ou não — com o futuro), de outros modos de dizer, de outras contradicções (Lucas, 2016) entre as enunciações e os enunciados, de outras formas de vida e de outros regimes de relação com o que chamamos natureza. Trata-se de uma forma de resistência que não se deixa solapar pelo espaço-tempo homogêneo dos ideais "modernos" e se abre para todas as tensões e crises de temporalidades e dos regimes de imaginação que só o paciente trabalho com o heterogêneo pode propiciar. O silencioso trabalho que, como se lê em "O cemitério marinho", permite a "transformação das margens em rumor".

História, linguagem

Essas variações ontológicas, atravessando a historicidade (tanto da história quanto da linguagem), e a possibilidade de se inscrever uma outra linguagem na linguagem, como uma outra história na história, não são para Valéry meras "questões de linguagem", mas a linguagem pondo em questão a ética e a política que levaram a Europa a uma guerra fratricida. A situação de Valéry nesse momento está permeada de Guerra, que, por sua vez, está fortemente ligada à "crise do espírito", aos erros dos países europeus quanto à história e à política do pensamento. Valéry é dos primeiros defensores de uma Comunidade Europeia e, ao mesmo tempo, ambiguamente, alguém que sempre desconfiou da capacidade da política de se manter a paz. Como ele mesmo diz, a paz não é mais "que uma guerra que admite atos de amor e de criação no seu processo: ela é então algo mais complexo e mais obscuro que a guerra propriamente dita, como a vida é mais obscura e profunda que a morte" (Œ I, p. 994).

Nesse ponto, vemos o quanto Carlos Drummond de Andrade tocou em uma funda ferida quando, na epígrafe de *Claro enigma*, acionava Valéry para afirmar: "os acontecimentos me entediam" ("les événements m' ennuient"). É que os fatos, continua Valéry, "são a espuma das coisas. Mas o que me interessa é o mar". Os fatos são para Valéry uma simples convenção, enquanto a história é atravessada por um campo de forças que cabe ao poeta, sem alarde, evitando tanto os grandes acontecimentos como os versos excepcionais, colocar em funcionamento na máquina pulsante do poema (Cf. Oliveira e Souza, 2016). As forças sob as formas, os corpos no coração do símbolo.

A história em sua "longue durée", diriam os membros da Escola dos Anais, atravessada pela história literária e pelo funcionamento heterogêneo da linguagem. Essa encruzilhada reaparece anos mais tarde em um crítico aparentemente tão antivaleriano, mas que, de fato, é dos que mais reverbera as questões de fundo de Valéry. Trata-se de Henri Meschonnic, que, sobretudo em seu livro póstumo *Langage, histoire, une même théorie* [Linguagem, história, uma mesma teoria], adota o que ele chama de uma "perspectiva semântica da história" (2012, p. 14). Essa perspectiva acompanha Valéry desde a juventude, quando publicou, em 1898, um ensaio sobre a "Ciência das significações" de Michel Bréal. Se ligarmos a esse viés semântico da visada linguística de Valéry com algo que não é dado, mas sempre por fazer, não fica difícil perceber que esse é o mesmo viés que o leva à crítica da noção de fato, desconfiando de sua existência como algo dado e evidente. Ao contrário, Valéry ressoa em Meschonnic (2012, p. 11) quando este afirma que "o sentido na história deve ser construído" e que a história "muda o sentido".

Essa implicação recíproca entre linguagem e história atravessada pela aventura da significação, parte fundamental da aventura humana, coloca mais uma vez a questão da equivocidade, no sentido de ser impossível determinar um sentido único para a história e para a linguagem postas em funcionamento. "Linguagem, história, são um problema de sentido porque tudo dá e toma sentido. O sentido não é um haver. O sentido é um fazer, um tomar, um dar. Um ato sempre infinito de interação, de reescritura" (Meschonnic, 2012, p. 26).

Isso significa que ambas não têm um sentido predeterminado, mas se constituem de muitas camadas de determinação — a sobredeterminação de que falávamos — como a poética, a ética, os regimes de imaginação, os regimes de historicidade. Como vimos a respeito do verso em Valéry, essas determinações recíprocas, passando por zonas de indeterminação, se ressignificam mutuamente. Se admitimos que o sentido é equívoco, atravessado por mais de uma voz, por mais de um sentido, o problema da significação é o modo como produzimos relações entre essas redes de possibilidades.

Por isso a experiência da linguagem se confunde com a história, pois ambas estão pautadas na historicidade, que "é uma relação... o encontro indefinidamente renovado do histórico e do a-histórico, dos passados e dos presentes do sentido" (Meschonnic, 2012, p. 72). É por isso também que sempre "há duas historicidades: uma que é a inscrição nas condições de produção de sentido, outra que, mesmo estando situada, não cessa de sair e de ficar ativa no presente..." (p. 56). Vemos como a questão da história mais uma vez aciona o complexo enunciativo da "situação" — sua historicidade que é ao mesmo tempo dada e construída — entre as condições de produção e o espaço de reinvenção de toda enunciação.[3]

A história e todos os regimes de enunciação (sejam eles verbais ou não) produzem essa relação entre experiência e expectativa que se, por um lado, é dada historicamente, por outro, como vimos com Meschonnic, sempre é possível transformar assim como vimos, por sua vez, com o próprio Valéry. O que importa não é o dado ou o construído, o fato ou o sentido, o sonoro ou o semântico, mas a relação entre eles, as conexões parciais, as acoplagens que precisam ser infinitamente reinventadas. A transformação permanente das relações entre tabu e totem.

Em um espectro ainda mais amplo, que reverbera a antropologia histórica da linguagem de Meschonnic, Bruno Latour (2006, p. 67) afirma que

> [...] a antropologia está lá para nos mostrar que a passagem do tempo pode ser interpretada de diferentes formas, como ciclos ou decadência, como queda ou instabilidade, como retorno ou presença contínua. Chama-se temporalidade a interpretação dessa passagem, de modo a distingui-la claramente do tempo.

Desse modo, também Latour nos ajuda a compreender que não se trata de totalidades sistemáticas que perfazem blocos históricos homogêneos, mas de espaços de sobredeterminação produzindo conjuntos de "reorganizações heterogêneas" (Latour, 2006, p. 72).

---

[3] Esse modo de relação e a historicidade que ele produz são sempre atravessados por regimes de historicidade específicos, isto é, o modo como a experimentamos e transformamos a relação entre o passado e o futuro, ou como propõe Koselleck, o espaço de experiência e o horizonte de expectativa.

História, linguagem, tradução

Procuramos delinear até aqui o sentido dessa "situação" de Valéry e, sobretudo, o que está em jogo nela: uma sobredeterminação que toma a história e a linguagem como variações, e a possibilidade ao mesmo tempo determinada e indeterminada de produzir regimes de imaginação e regimes de historicidades que atravessam a crise de versos e a crise do espírito, assim como as implicações recíprocas entre estética, ética e política. Entramos assim em uma temporalidade de outra ordem, feita de diversas temporalidades ligadas à "modernidade, modernidade" de que fala Meschonnic.

Esse atravessamento de tempos e imagens — essa historicidade que permeia nossos modos de existência — torna-se particularmente pregnante quando se materializa nas práticas tradutórias. Isso porque, o que fica em latência no jogo entre tempos diferentes, na tradução vem à tona pela inescapável co-incidência de línguas, de espaços de experiência, de regimes de historicidade, enfim, de tudo que dissemos até aqui da situação, no mínimo dupla, que atravessa um projeto de escritura e um projeto tradutório. Essa tradutibilidade para Valéry tem a ver, como para Saussure, com as qualidades sensíveis heterogêneas e a passagem de um sistema a outro de sensibilidade e de pensamento, como se o próprio pensamento fosse uma tradução generalizada. Traduzir: situar-se entre discursos, experiências sensíveis, mundos heterogêneos. Por isso afirma Meshonnic (2012, p. 43) que a linguagem tem a ver com "a tradução, equivalente aproximado de uma experiência que concerne ao discurso, talvez mais do que às línguas".

Se tomamos a experiência da linguagem como ato, vemos que ela se dá sempre como uma prática, e as práticas, por sua vez, se situam no interior de um sistema de relações. Isto é, a linguagem é um espaço de relação entre experiências sensíveis, uma prática que se relaciona com outras práticas, atravessada por mais de uma historicidade. O que ocorre na tradução é o cruzamento dessa situação com ainda uma outra, a da situação do tradutor, que implica, por sua vez, um espaço de relações sensíveis e historicidades. Assim, se a própria linguagem é feita de cruzamentos que se articulam, na prática tradutória isso se materializa com um outro sistema de relações, de comparações e de práticas que evidenciam esse cruzamento de historicidades.

Por isso, se intensificarmos os limites, a historicidade e a tradução se confundem, o que se evidencia no conceito de retradução, se o lermos como um processo contínuo de transformação das situações e dos projetos tradutórios. Assim, mesmo que não se trate da retradução de um mesmo texto, os próprios modos de traduzir têm sua historicidade e se configuram de maneiras diversas, em um constante diálogo, seja na relação com a cultura de partida, seja com as questões internas da cultura de chegada.

A tradução não se dá como um sistema de diferenças produzido internamente na língua de chegada, mas como uma diferença entre sistemas. Essa diferença é posta em ato pela atividade específica e constitutiva dos sujeitos da enunciação (Meschonnic, 2012, p. 43). O ato tradutório se produz em um complexo enunciativo que coloca em ato a dobra entre um sistema de diferenças dado e a diferença entre sistemas. Essa dobra é tanto interna a cada sistema literário quanto atravessada pela diferença entre sistemas linguísticos que a tradução projeta como parte de sua prática.

Desse modo, a tradução se confunde e põe em ato a literatura comparada. Ela é atravessada por esse duplo eixo da relação externa e interna; atravessada por suas historicidades, que colocam sempre em trânsito os vestígios materiais desse espaço de transferência que se forma, não apenas pelas marcas deixadas ao longo do processo, mas também pelo campo de comparações — de relações — que se dá a ver pela presença de diferentes regimes de historicidade. É esse o desafio da tradução: não buscar equivalências entre as línguas, mas os processos de ressignificação que operam na comparação entre os mundos que esses campos linguísticos relacionam.

Em Valéry é interessante notar como essa dupla implicação entre literatura comparada e tradução revela muito das dinâmicas internas da literatura brasileira. De um modo geral, podemos dizer que Valéry aparece toda vez que a relação entre modernização e modernismo é posta em xeque. Isto é, sempre que a historicidade homogênea do progresso da nação se confunde com a prática literária — por exemplo, quando o verso livre é visto como progressista, espontâneo e brasileiro, e o verso métrico como atrasado, passadista, construtivo e exógeno —, a densidade da reflexão valeriana aparece para emaranhar as dicotomias que tentam reduzir a complexidade de nossa experiência literária. E é em torno dessas questões propostas em um artigo de Sérgio Buarque de Holanda ("O lado oposto e outros lados") que vemos uma das primeiras aparições de Valéry em uma carta de Mário de Andrade (2001, grifo nosso) a Manuel Bandeira, de 1926: "você pode falar que não gosta de Valéry, suponhamos que só por causa da influência que você sabe que ele tem na França e porque ele está perto e tomando parte na mesma luta que você ou que nós *você é incapaz de dizer que ele não tem espírito moderno*".

Nesse sentido — e note-se como a historicidade é importante —, uma das marcas profundas da recepção de Valéry no Brasil é esse embate entre uma recepção conservadora, ligada aos "amantes do verso e da poesia pura", e outra, totalmente problematizadora, ligada à sua recepção entre os modernistas. E, embora nossa leitura esteja muito conectada ao modernismo, o fato de essa tensão se desdobrar de maneiras diferentes na França e Brasil não deixará de nos permitir tecer um horizonte fundamental para a análise que propomos das traduções de Valéry publicadas em livro no país e para nossa tradução, que se soma agora a essa história. É que essas comparações permitem tecer algumas das múltiplas redes de nossa temporalidade.

Escolhemos quatro pontos de articulação, quatro obras de Valéry traduzidas no Brasil que, pelo seu modo de existência, produzem variações entre contextos e provocam situações que revelam os regimes de historicidade a partir dos quais nós produzimos relações e traduzimos.

A primeira delas é a publicação do poema "Os passos" na antologia *Poetas de França* por Guilherme de Almeida em 1936, primeira publicação no Brasil de um poema de Valéry em livro. A segunda é o conjunto das publicações ao longo dos anos 1940-1980 de quatro livros dedicados exclusivamente ao "O cemitério marinho", feitos por Damasceno (1949; 1960), Wanderley (1974) e Vasconcelos (1981). A terceira situação é a publicação, em 1984, de *A serpente e o pensar* de Augusto de Campos. A última das situações é a tradução de uma seleção de textos críticos de *Variedades*, escolhidos e apresentados por João Alexandre Barbosa.

Se é certo que a recepção de Valéry não se resume às traduções de sua obra, podemos, no entanto, considerar, como afirma William Marx (2002, p. 219) a respeito do discurso crítico de Valéry, que "a tradução é um dos numerosos lugares estratégicos onde se revelam as concepções do texto próprias a um crítico", pois é "sem dúvida mais eficaz partir de uma prática crítica efetiva para voltar aos poucos aos aspectos mais teóricos, do que se apegar às tomadas de posição, ainda que brilhantes, mas não necessariamente representativas da realidade dos discursos" (p. 219). É nessa perspectiva, de distinguir linhas de força a partir de uma prática crítica efetiva — a tradução —, que teceremos essas redes, sempre em diálogo com a literatura comparada.

No entretanto dos tempos

Como vimos com Mário de Andrade, a figura de Valéry aparece quando a tentativa de homogeneizar certa dicção modernista é posta em questão, embora desde os anos 1920 não tenham faltado leituras que reforçavam a ideia de um poeta formalista e ligado à noção de "poesia pura". William Marx (2002), em *Naissance de la critique moderne* [Nascimento da crítica moderna], mostra à exaustão a construção dessa mitologia valeriana, especialmente pelas novas demandas de *close reading* das universidades inglesas e americanas que o associaram a T.S. Eliot.

Nesse cruzamento de tempos, não deixa de ser curioso que a primeira publicação de um poema de Valéry em livro seja feita por Guilherme de Almeida. Afinal, trata-se de um poeta visto pela crítica tanto como alguém que "pertenceu só episodicamente à Geração de 22. Não havendo partido do espírito que a animava, também não encontrou nele pontos definitivos de referência estética" (Bosi, 1998, p. 418). Além de ser "um dos mentores do modernismo brasileiro", segundo Marcelo Tápia (2010). Tápia retoma, para ilustrar seu argumento, a conferência "Revelação do Brasil pela poesia moderna" (escrita em 1925, no Rio de Janeiro), que expressava a conclusão a que Guilherme de Almeida chegara sobre a Semana de 1922:

> Poetas do Brasil, começamos a balbuciar agora o nosso ritmo brasileiro. Isto espantou, naturalmente, os que nunca souberam ser de sua terra e de seu tempo; os que, habituados a declamar, num eterno soneto constantemente emendado, o seu eterno nacionalismo, ouviram, pela primeira vez, uma ideia nova dentro da cadência nova de uma língua nova para um país novo. [Assim...] A Semana de Arte Moderna plantou, na nossa vida intelectual, um marco divisório entre o passado e a atualidade.

Para sairmos dessa alternativa infernal e entendermos a complexidade da relação de Guilherme de Almeida com o modernismo, basta ver a importância que ele atribuía a seu papel como tradutor, o que revela tanto a necessidade de relação com uma poesia não apenas nacional, como a relação com autores de outros momentos históricos — com outras organizações rítmicas e imagéticas —, que precisavam ser internalizados, via tradução, na língua portuguesa. E mais, é a primeira antologia de poesia bilíngue publicada no país, produzindo assim um espaço evidente de contato entre duas línguas. Além disso, ela é pautada em uma estrutura cronológica, não teleológica, que permite muitas formas de relação entre o passado e o futuro num caminho que vai de François Villon a Paul Éluard.

Esse caminho, passando por Ronsard e Du Bellay, Paul Claudel, Mallarmé e Valéry, dá uma densidade histórica inusitada à complexa rede que forma uma literatura nacional. Daí ser relevante que o poema de Valéry escolhido por Almeida seja exatamente "Os passos"; um poema que retoma o encontro de Eros e Psiquê, recortando a cena mítica exatamente nos instantes que antecedem a aproximação que revelaria a identidade de Eros (e acabaria com o encanto e a paixão): "Retarda essa atitude terna/ser e não ser". Como se vê, trata-se de um poema-poética, no qual a relação com o tempo, o retardamento, a espera, põe em questão a velocidade e o progresso; o jogo de claro-escuro, presença-ausência; a equivocidade do signo... Num gesto que coloca o mito contra a mitologia moderna do tempo homogêneo.

Essa escolha crítica de Guilherme de Almeida reforça a forma difícil do modernismo brasileiro, suas tensões e contradições, que, longe de enfraquecê-lo como um bloco homogêneo, o torna ainda mais interessante. Nesse sentido, basta ver que a questão do verso tradicional/verso livre ganha uma dinâmica interna e uma outra concepção que não permite uma associação fácil com o progresso e a nacionalidade. Afinal, a própria escassez de traduções é indício do francês como língua franca entre os poetas, embora nem sempre saibamos o modo como a leitura dos poemas se dava, o que se evidencia com mais facilidade na prática tradutória.

No entanto, é fácil constatar como o projeto tradutório de Guilherme de Almeida se coaduna com a grande transformação na literatura brasileira operada na década de 1930 com "a perda de auréola do Modernismo" (Candido, 2011, p. 223); um período "mais moderno que modernista" (Bosi, 1998, p. 426). E para Bosi (p. 433) essa é uma característica que marca a fase dos anos 1930 a 1950, mais universalizante, metafísica, hermética, "ecoando as principais vozes da 'poesia pura' europeia do entre-guerras: Lorca, Rilke, Valéry, Eliot, Ungaretti, Machado, Pessoa...".[4]

É interessante notar que, para entendermos a passagem que separa a publicação de um só poema, "Os passos", na antologia de Guilherme de Almeida e a publicação seguinte, de um livro exclusivamente dedicado ao "Cemitério marinho", faz-se necessário observar o lugar que Valéry passa a ocupar no núcleo duro do modernismo em um arco que vai de Mário de Andrade a Drummond, passando por Murilo Mendes e, sobretudo, por João Cabral de Melo Neto.[5] Traçaremos aqui brevemente esse percurso.

---

[4] Também para Sérgio Buarque de Holanda, que em 1951 escreve: "Entre os nomes de autores europeus ou americanos que ao lado de Fernando Pessoa, por exemplo, ou de um Rilke, ou de um Valéry, vêm merecendo a decidida preferência das gerações ascendentes de poetas brasileiros, o de T.S. Eliot ocupa um lugar privilegiado. Essa simples preferência, ao menos no caso de Eliot, já é indício seguro de um momento novo na poesia nacional. Não se pode dizer, é certo, que os autores citados tenham sido desconhecidos das gerações anteriores. Mas o fato é que, se chegavam a interessar muito vivamente este ou aquele escritor, tratava-se de fenômenos isolados, sem força para imprimir novo rumo às correntes dominantes" (Holanda, 1996, p. 389).

[5] Importante notar que a historicidade que propomos é perpassada por essas leituras críticas que escolhemos, embora saibamos da importância de Valéry para os simbolistas tardios, como também para Cecília Meireles, Jorge de Lima, e para praticamente todos os membros da Geração de 45, que ficará aqui representada, no âmbito deste artigo, por João Cabral. Para mais informações, cf.: John Gledson, "Drummond e Valéry", em Influências e impasses: Drummond e alguns contemporâneos. Trad. de Frederico

Desde a *Escrava que não é Isaura*, de 1922, Mário de Andrade vinha formulando uma poética mais complexa e densa do que aquela propalada nos manifestos modernistas. Essa poética ganha corpo — e forte ressonância valeriana — quando os problemas do artista são atravessados por outra temporalidade mais próxima da artesania. Chegamos aí nas especificidades dos materiais (som, cor, pedra etc.) e nas práticas que deles decorrem com força de ação e movimento. Entre o material, a configuração do objeto artístico e o ato como marca singular de uma ação "artesanal", Mário de Andrade situa sua poética num espaço da ordem do indefinível, do indecidível, da vertigem e, acrescentaríamos com Valéry, da ética e da política que atravessam a estética.

Entre o corpo do artista e os corpos que ele aciona se produz uma experiência de outra ordem, nem apenas material nem imaterial, algo como vemos em "A fábrica de Fantasmas", de 1939, que Mário diz coincidir "quase textualmente com Valéry" quando este afirma: "uma história aprofundada da literatura deveria ser encarada não como uma história dos escritores e acidentes de suas vidas, nem mesmo como uma história de suas obras, mas exatamente como uma história do espírito naquilo em que ele produz e consome literatura" (Valéry apud Andrade, 1963, p. 71).

O amálgama que se arma aqui entre práticas e afetos, bem como entre "formas" e "tendências humanas", materialidade e técnica, corpo e espírito, "inteligência" pessoal e "condições de diversas ordens sociais" mostra o quanto a questão da história literária se faz pelos múltiplos fatores em jogo nas práticas artísticas e pelos diferentes tempos que elas articulam. Desse modo, Mário procura apontar para uma outra poética valeriana que pode, pois, ser compreendida como esse entrelugar do artista e do artesão, entre a obra e o processo, a técnica e o gesto, entre o trabalho com a linguagem e a voz, entre a voz e a partilha de vozes que permite nos fazer sair da alternativa infernal: "ou construímos ou... romantizamos" (Andrade, 2002, p. 108).

Ao escapar dessas duas águas é que o mais valeriano dos poetas do modernismo, João Cabral de Melo Neto, performará aos poucos sua poética na esteira do artista e do artesão, mais apropriadamente aqui entre o engenheiro e o *bricoleur*, entre "O engenheiro" e a "Pedra do sono" ou o "sonho do engenheiro" (que não produz monstros, mas poesia!). Visto

---

Dentello. São Paulo: Companhia das Letras, 2003, pp. 140-69; Gustavo Ponciano Cunha de Oliveira e Jamesson Buarque de Souza, "Drummond e Valéry: Enigmas eventuais", *Itinerários*, Araraquara, n. 43, pp. 179-95, jul.-dez. 2016; Douglas Silva, "Recepção, apropriação e poética em 'Fábula de Anfíon' de João Cabral de Melo Neto", disponível em: <www.abralic.org.br/anais/arquivos/2016_1491258380.pd>; Ricardo Gonçalves Barreto, 'Método e miragem: Murilo Mendes e Paulo Valéry", *Magma*, n. 3, pp. 69-77, 1996; Roberto Zular, "Valéry e o Brasil ou a literatura comparada como produção de contexto", *Ponto e Vírgula*, São Paulo, pp. 49-65, 2013.

como um poeta das coisas, um poeta da negação, um poeta da construção ou um poeta da (meta)linguagem, a poética de João Cabral, fortemente alimentada por Valéry, é um modo singular de articulação entre todas essas "coisas".

Se, como vimos, não há linguagem que não seja um espaço de correlação regular entre variações heterogêneas, a própria linguagem, como nossa experiência das "coisas", só se dá porque transitamos entre qualidades sensíveis, sistemas e contextos que diferem. A negatividade em João Cabral seria esse lugar no qual os sistemas se cruzam, negando-se mutuamente por sua diferença, mas estabelecendo entre ambos, ao mesmo tempo, uma relação que permite sistematizá-los em oposições. A bricolagem entre experiências sensíveis produz, desse modo, uma sistematização das relações por oposições internas em cada campo da experiência, sua parte de engenharia. Como sonhava Valéry, a poética de João Cabral se produz por gestos compositivos heterogêneos[6].

Nos poemas em que a presença de Valéry é mais explícita, esse movimento fica claro. Em "A Paul Valéry", de *O engenheiro* (Melo Neto, 1986, p. 359), se lê:

> *É o diabo no corpo*
> *ou o poema*
> *que me leva a cuspir*
> *sobre meu não higiênico?*
>
> *Doce tranquilidade*
> *do não-fazer; paz,*
> *equilíbrio perfeito*
> *do apetite de menos.*
>
> *Doce tranquilidade*
> *da estátua na praça,*
> *entre a carne dos homens*
> *que cresce e cria.*
>
> *Doce tranquilidade*
> *do pensamento da pedra,*
> *sem fuga, evaporação.*
> *Febre, vertigem.*

---

[6] É o que dizia o próprio Cabral no famoso "Poesia e composição" quando apontava que o papel do poeta oscila permanentemente entre a inspiração e o trabalho de composição, ente o autor e o leitor, entre o arbitrário da regra e sua necessidade social, entre a invenção e a comunicação, entre o gesto individual e o atravessamento da história e da coletividade.

Doce tranquilidade
do homem na praia:
o calor evapora,
a areia absorve.

As águas dissolvem
os líquidos da vida.
E o vento dispersa
os sonhos, e apaga

a inaudível palavra
futura (que, apenas
saída da boca,
é sorvida no silêncio).

Aparentemente de forma paradoxal, é a negatividade que vem para o primeiro plano, mas "é o diabo no corpo" que leva a "cuspir" sobre o "meu não higiênico". O "não", portanto, se produz entre o diabo, o corpo, o cuspe, o "meu" e o seu caráter "higiênico".

Assim, o poema de Cabral vai acionando o "esboço de serpente" e a metafísica do não-ser, que é, no fundo, a negação de uma onisciência ou de um ponto de vista absoluto como o de Deus, desdobrando-se para outras "doce(s) tranquilidade(s)", como a da estátua e do pensamento da pedra (que reverberam "as colunas") ou do "homem na praia" (muito próxima da cena de "Eupalinos", em que há o encontro com um objeto enigmático) até todas as tentativas de paralisação do movimento se dissolverem nos "líquidos da vida" (em uma leitura próxima do gesto de jogar o vinho no mar, de "O vinho perdido") e se dispersarem com o vento (como na necessidade de tentar viver, do final do "O cemitério marinho": "o vento se levanta... tento seguir vivo") para se projetar como palavra ao futuro — embora inaudível — e ser sorvida entre a boca e o silêncio (que, afinal, é o espaço da leitura).

O "não" é o lugar mesmo onde as coisas deixam de ser apenas coisas para se tornarem signos, com a condição de serem postas em relação com outras coisas e outros contextos, mesmo que aqui essa negatividade se espalhe em torno do "não-fazer", o pudor quanto ao exibicionismo narcísico dos tempos modernos. A negação, portanto, instaura relações, como ficará claro em *O cão sem plumas*, em que o rio, como experiência social, é visto como "aquilo que ele não é" estabelecendo um rastro de dor e crítica da seca do Nordeste, ao mesmo tempo que se abre para um ilimitado jogo de variações metafóricas, constituídas pela espessura da falta que dá densidade à realidade. Aquele rio que não é um rio é como um cão, por sua vez, sem plumas,[7] em um movimento que poderia continuar indefinidamente. Como afirma Valéry na rubrica "Poiética" da edição Pléiade (1974), a arte do poeta é tomar posição em um ponto onde se vê à direita toda linguagem, à esquerda todas as coisas. Esse ponto de articulação, os "mil dedos da linguagem" como no poema de Cabral sobre Ponge, produz uma ontologia plana entre o mundo e a linguagem, na qual o mundo pode funcionar como signo e a linguagem, como algo também material. A longa gestação desse caminho aparece claramente na reescrita do melodrama *Anfion*, de Valéry, na "Fábula de Anfion", de Cabral. Como mostrou Eduardo Sterzi (2009), trata-se aqui de uma encenação do deserto. Essa encenação se correlaciona com o silêncio como ponto crítico, no qual se produz uma autoridade sem governo ou uma soberania poética que se perfaz ao se desfazer: como "apetite de menos". Mas o que se opera aqui é uma forte relação entre deserto e fertilidade, engenharia e bricolagem: a negação como um gesto que transforma o corpo em linguagem ou, ainda, num deserto cultivado, como um pomar às avessas. É daí que vem a potência do ser quando pensado em sua relação com o não-ser, o nascer entre a vida e a morte, como uma relação na qual, como vimos com Valéry, a vida se faz mais profunda e opaca — espessa — do que a morte.

Essa operação que implica reciprocamente a bricolagem das coisas e das palavras e a engenharia dos sistemas de relações que daí deriva (e que se tornaria mais pregnante no decorrer da obra de Cabral para esmorecer gradativamente) faz com que os poemas articulem contextos diferentes postos em relação. O agenciamento de Valéry se dá por uma torção de contextos, pois o que sempre se evidencia é a dissonância das poéticas. João Cabral agarra assim o universo valeriano, ao mesmo tempo que aponta para a diferença entre esse universo e as condições de produção em que ela opera no Brasil. Como em seu "Cemitério pernambucano de São Lourenço da Mata", no qual uma retomada do "Cemitério marinho" mostra tudo o que aquele de Pernambuco não tem, como se de cemitério não tivesse sequer o nome e fosse feito da constituição negativa e precária de sua própria existência como cemitério.[8] Esse movimento, como vimos até aqui, redunda em uma torção dos contextos dos dois cemitérios

---

[7] Gesto no qual nega, ao mesmo tempo, as plumas retóricas da Geração de 45.

[8] "Cemitério pernambucano" (São Lourenço da Mata): "É cemitério marinho/ mas marinho de outro mar./ Foi aberto para os mortos/ que afoga o canavial.// As covas no chão parecem/ as ondas de qualquer mar,/ mesmo as de cana, lá fora,/ lambendo os muros de cal.// Pois que os carneiros de terra/ parecem ondas de mar,/ não levam nomes: urna onda/ onde se viu batizar?// Também marinho: porque/ as caídas cruzes que há/ são menos cruzes que mastros/ quando a meio naufragar".

— como das duas poéticas — que se equivocam como se a mesma palavra "cemitério" acionasse dois mundos diferentes postos em tensão. Essa recepção como produção de diferença se torna muito evidente também em todas as comparações de paisagens, animais, traços psicológicos, formas de falar, de dançar etc., como se a transferência cultural fosse uma produção material de estranheza que torna visível, dizível e mesmo pensável uma crítica à sociedade brasileira, produzindo o que Modesto Carone (1979) chamou de outra inteligência do real.

É no intervalo desse desdobramento da poética de Cabral que veremos surgir a primeira tradução em livro de "O cemitério marinho", por Darcy Damasceno. Poeta da chamada Geração de 45, traduziu o poema valeriano, reduzindo-o ao seu aspecto mais oficial, num gesto de compreensão mais literal, e organizando-o por decassílabos sem rima. Tradução esta que Sérgio Buarque de Holanda (1996, p. 105), em artigo publicado na imprensa em 1949, chamou de "paráfrase" e associou a um "voltar para trás" e a um cuidado da forma. É importante frisar que esse recuo não deve ser necessariamente compreendido como um problema, embora a solução de Damasceno tenha questões sérias que o levariam a retraduzir o poema nos anos 1960.

Nesse jogo de tradução e retradução é interessante ver como um Valéry formalista e poeta da consciência (a ponto de ser traduzido literalmente) vai se construindo lado lado com a complexidade da leitura de Cabral, que aponta para outras dinâmicas internas à poesia brasileira. Tanto assim que Mário de Andrade, em manuscrito que se encontra no Instituto de Estudos Brasileiros, salienta que "Valéry metrifica para ficar livre", ecoando outro valeriano confesso, Otavio Paz (2009, p. 25), para quem "a forma que se ajusta ao movimento/ não é prisão mas pele do pensamento". Note-se ainda que a quadra cabralina, ao ressoar a tradição nordestina, o verso antimusical (co-incidência de uma métrica e um deslocamento do acento quase visual) e a rima toante (espaço tenso entre a consonância vocálica e a dissonância consonantal), é uma solução espantosamente interessante e tensa para os problemas da poética valeriana do verso como regulação de gestos compositivos heterogêneos.[9]

No meio do caminho entre Cabral e a tradução de Damasceno, há outro gesto, diríamos *quase-tradutório* ou *quase-metafísico* que, para além

[9] Essa coincidência de temporalidades no verso é tratada desde o início da torção da poética valeriana por Cabral (1986, p. 336): "flor é a palavra/ flor, verso inscrito/ no verso, como as/ manhãs no tempo". Ou ainda em: "Quando a flauta soou/ um tempo se desdobrou/ do tempo, como uma caixa/ de dentro de outra caixa" (p. 325). A dupla poética de Valéry foi percebida na fatura cabralina com precisão por Flora Süssekind (1998), quando mostra a dança entre a voz e a série no ensaio "Voz, figura e movimento na poesia de João Cabral de Melo Neto".

da epígrafe, configura os poemas de *Claro enigma*, sobretudo "A máquina do mundo" e "Relógio do rosário", como um forte diálogo com Valéry, já bastante acentuado por John Gledson em *Influências e impasses* (2003). Há a retomada de outra cadência pautada pelo ritmo regular, que cria um plano de consistência na relação entre os versos, dando-lhes profunda espessura histórica.

Em poucos poetas brasileiros o verso como regulação teve a força de amparar os reenvios e, sobretudo, controlar a soberania do poeta sobre a matéria. A voz e as variações subjetivas são reguladas por um conjunto de determinações heterogêneas, dentre as quais o verso é apenas um dos elementos, evitando-se ao máximo que ele se torne um parâmetro hierárquico. Não se trata, portanto, de um formalismo, mas, como vimos com Otavio Paz, de outro modo de existência, no qual o ritmo se torna pele e inflexiona a regra, produzindo um admirável contínuo entre os planos sonoro, semântico, afetivo, histórico e metafísico. A recusa é também apenas um ponto de articulação para outros modos de subjetivação da relação entre corpo e mundo. No atrito entre os corpos, no lusco-fusco crepuscular, o próprio mundo se faz equívoco — eis o enigma —, elidindo sujeito e objeto num campo de ressonâncias. Como aquele objeto que vem do mar em *Eupalinos*, sem que saibamos se é algo dado ou construído, se é matéria ou espírito, vem à tona a experiência virtual e espectral poderosamente ambígua que o cotidiano moderno submete ao crivo da razão e do olhar. Nesse contínuo, como numa tradução infinita, com infinitas dobras e reentrâncias, chegamos ao ponto mesmo de não saber o que é Valéry ("Este teto tranquilo onde caminham pombas/ entre pinhos palpita, palpita entre tumbas" [Œ, p. 147]) e Drummond (1987, p. 238), cujo columbário "já cinza se concentra, pó de tumbas/ já se permite azul, risco de pombas".

Assim, como em Cabral, aqui também ressoa a poética dupla valeriana num grau de densidade e complexidade que apenas conseguimos apontar, tornando mais espessos e enigmáticos a vida e os muitos riscos que a atravessam.[10] A hesitação se prolonga por muitos meios (entre a epígrafe de Valéry e os últimos versos que ecoam "O cemitério marinho", pondo do avesso o columbário), o começo e o fim, o outro e o mesmo, os ecos da tradução e o poema. Contínuo que interrompemos aqui, por força do nosso percurso, mas que se prolongaria infinitamente nesse curto-circuito enigmático e inebriante de dois poetas do alcance de Valéry e Drummond.

---

[10] Para corroborar a importância de Valéry nessas poéticas, veja-se além do já citado Gledson (2003), Süssekind (2001) e Zular (2013), entre outros.

A arte das recusas (e dos *cadernos*)

A partir dos anos 1950, é principalmente a geração mais jovem formada ainda no entorno da Geração de 45 que dará continuidade à recepção crítica de Valéry no Brasil, seja como parte de um desdobramento do movimento da poesia concreta, seja como diálogo poético como na poesia de Sebastião Uchoa Leite ou ainda como resgate de uma potência crítica na obra de João Alexandre Barbosa. Mas é a contrapelo, por um conhecido poema de Murilo Mendes (1995, p. 706), parte 4 do longo "Texto de informação" da seção "Sintaxe", de *Convergência*, escrito de 1963 a 1966 e publicado em 1970, que gostaríamos de começar esse resgate:

> *Inserido numa paisagem quadrilíngue*
> *Tento operar com violência*
> *Essa coluna vertebral, a linguagem.*
>
> *Esquadrinho nas palavras*
> *Meu espaço e meu tempo justapostos.*
> *E dobro-me ao fascínio dos fatos*
> *Que investem a página branca:*
>
> *Perdoai-me*
> *Valéry*
> *Drummond*

A forte presença de Valéry, pressentida porém raramente expressa na obra de Murilo Mendes, vem à tona no bojo dos anos 1960, como uma recusa da recusa: o fascínio dos fatos que o ligariam a Webern, João Cabral, Ponge e Mondrian. Mas, curiosamente, essa dupla recusa é muito mais próxima da poética dupla de Valéry do que se poderia imaginar. Claro que na efervescência dos anos 1960 é simples perceber como o aquecimento e a precipitação dos movimentos sociais de todas as ordens colocavam em jogo um desejo de urgência pouco valeriano. Assim, a contrapelo do que afirma explicitamente, a dinâmica que Mendes instaura no "texto de informação" vai ser a tônica complexa da melhor leitura de Valéry: paisagem e língua, coluna vertebral e linguagem, travessia de espaços e tempos, de vida e de acontecimentos que põem em questão a simplicidade dos "fatos" e, por isso, fascinam.

A posição de Murilo Mendes (2017, p. 154) complexifica e torna mais rica a situação de Valéry como sobrevivência de sobrevivências e como um clássico que coloca em questão o classicismo para operar outros tempos e dinâmicas, como mais tarde o próprio Mendes faria no setor "texto délfico" de *Poliedro*, escrito em 1965/1966 e publicado em 1972: "duas obras-primas da literatura grega: a *Odisseia* e *Le cimetière marin*". Mendes toca aqui, entre irônico e admirado, na travessia de tempos e variações que se cruzam sobre, sob e através da teleologia que não percebe a potência da pergunta: "que seria de Delfos, agora, sem Mozart ou Hölderlin?" ou ainda "Nijinski seria possível sem Delfos?" (Mendes, 2017, pp. 148-9).

É justamente nesse intervalo, entre o início dos anos 1960 e meados de 1970, que Valéry voltará a ser traduzido. Assim, em 1960, o "O cemitério marinho" começará sua série de retraduções, a primeira delas do próprio Damasceno, em edição de 130 exemplares, feita por uma pequena editora da Bahia. Damasceno (Valéry, 1960, pp. 51-2) refaz o poema, como se pode notar nos seus "comentários do tradutor":

> [...] quanto aos objetivos que miramos numa segunda versão do poema. Se da primeira vez, por motivos óbvios, impunha-se respeito à literalidade, com evidentes prejuízos para o trabalho de recriação artística, desta feita buscamos captar o espírito da obra, preservando-o de estrofe a estrofe, aceitar o estímulo para o difícil e atraente jôgo metafórico e rítmico soluções atinentes tôdas à expressão verbal, no que esta importa em recursos vocabulares, fônicos, rímicos e rítmicos são aqui apresentados como possibilidades e correspondências da língua portuguesa — não como transladação de uma língua a outra.[11]

Mas é a partir do início dos anos 1970, que Valéry passará a circular de outro modo no Brasil. Nesse sentido, o trabalho do crítico João Alexandre Barbosa e sua relação com os irmãos Campos são fundamentais, uma vez que sua leitura de Valéry é pautada pela circulação de outro grande poeta francês no Brasil, o mestre de Paul Valéry, Stéphane Mallarmé. Nesse sentido, é preciso lembrar que, ainda que o Mallarmé de *Um lance de dados* apareça em todos os manifestos concretistas desde os anos 1950, é somente em 1974 que Augusto de Campos, Haroldo de Campos e Décio Pignatari publicam no Brasil a primeira antologia da poesia mallarmeana. A data coincide com a publicação do ensaio "Mallarmé segundo Valéry", de João Alexandre Barbosa. Nele, Barbosa reforça academicamente no Brasil

---

[11] Essas múltiplas temporalidades — "milumtempos de milumpoemas" — apontam, como mostrou Lucius Provase (2016), para uma grande transformação dos regimes de historicidade nos anos 1970, e que será responsável, por seu turno, por uma grande transformação da relação entre tradução e criação no desdobrar do movimento da poesia concreta. Neste ensaio, nosso propósito será acompanhar essas ideias, tendo Valéry e sua relação com Mallarmé como eixo.

a imagem valeriana de um crítico de primeira linha, mas que não havia compreendido, no que diz respeito à fatura poética, o alcance da revolução operada por aquele lance de dados de Mallarmé.

Há aí uma interpretação que separa o Valéry poeta do Valéry crítico, e que põe em relevo a radicalidade da sua teoria em relação à sua poesia. É verdade que essa separação dos textos críticos e poéticos do autor continua ainda a levantar muitas questões. É, por exemplo, a conclusão a que chega William Marx (2002, p. 323) quando afirma:

> A obra de Valéry oferece um caso interessante de oposição interna: enquanto seus textos críticos procuram esvaziar da reflexão o referente concreto, de maneira a privilegiar a construção teórica, seus poemas, ao contrário, buscando uma ancoragem na mais material das realidades, ali manifestam uma singular pregnância do sujeito.

Como em 1974 estamos num momento em que a radicalidade da obra final de Mallarmé está na ordem do dia — Haroldo de Campos acaba de publicar a primeira tradução de *Um lance de dados* —, e o que vai interessar aos leitores de Valéry será precisamente a construção teórica "esvaziada de referente".[12] Essa adesão à parte mais abstrata da teoria valeriana leva Barbosa a escolher, como um dos momentos mais importantes da interpretação do "discípulo", aquele no qual Valéry salienta que "o rigor das recusas, a qualidade das soluções rejeitadas, as possibilidades proibidas, manifestam a natureza dos escrúpulos, o grau de consciência, a qualidade do orgulho, e até os pudores e vários medos que podemos sentir em relação aos julgamentos futuros do público" (Œ I, p. 641). Esse gesto de recusa de Mallarmé é compreendido pela crítica como um tipo de criação que, "desintegrando os elementos da tradição, opta pelo futuro" (Barbosa, 2007, p. 44).

O acerto de contas e a admissão do alcance do anacronismo deliberado que quer "perpetuar as ninfas" também em Valéry se darão no mesmo ano de 1974, com uma nova retradução do "Cemitério marinho", dessa vez por Jorge Wanderley, acompanhada de posfácio de Barbosa, intitulado "Leitura viva do cemitério". Aqui não é mais o Valéry autor dos ensaios críticos que orienta a leitura, mas o mais radical e complexo poeta que é também autor dos *cadernos*. Assim, no primeiro parágrafo do texto de Barbosa (1984, p. 51) lê-se:

---

[12] É importante frisar que essa é apenas uma leitura possível da relação Mallarmé-Valéry e que, mesmo a tradução de Haroldo de Campos com seu aparato de notas, não descuida totalmente do aspecto semântico.

O aparecimento da versão brasileira do poema de Paul Valéry por Jorge Wanderley coincide com um momento da maior importância na história da obra do poeta francês: a publicação, em forma comercial, dos seus *Cahiers*, reveladores (para quem ainda não lera a edição fac-similar do CNRS) de um espantoso escritor que, durante cinquenta e um anos (1894-1945), fora anotando o movimento de seu espírito inquieto.

Para surpresa da maioria de seus leitores, um escritor autobiográfico, talvez fosse melhor dizer uma linguagem autobiográfica, buscando, sem cessar, os limites da lucidez por entre o esvaziamento das linguagens.

Sem perder de vista a consciência moderna que atravessa a reflexão valeriana, Barbosa evidencia a surpresa produzida pelos *cadernos*. Esses *cadernos* levam o crítico a estabelecer outra relação com o *Cemitério*, acionando para tanto um outro crítico-escritor:

> Foi T.S. Eliot quem escreveu que "a poesia não é um perder-se na emoção mas um escapar da emoção; não é a expressão da personalidade mas uma fuga da personalidade". Acrescentando bem depressa: "Porém, de fato, somente aqueles que têm personalidade e emoção sabem o que significa querer escapar dessas coisas".

Algumas questões maiores se impõem aqui. Com a publicação dos *cadernos* e a radicalidade de suas reflexões, Valéry deixa de ser visto como um discípulo menos ambicioso e mais oficial de Mallarmé, o que muda tanto a historicidade de sua própria obra, quanto a historicidade de sua recepção no Brasil. Desde então, a obra de Valéry não é mais a mesma que leram os modernistas, e começa a ficar clara a artificialidade da construção externa e parcial de um poeta formalista. É o que atesta ainda William Marx (2002, p. 329) a propósito justamente de Eliot, que, em 1924, no momento de qualificar *Feitiços*, que acabava de ser publicado,

> [...] emprega quase palavra por palavra as fórmulas-chave que ele usava no seu ensaio de 1919, 'Tradição e talento individual', para descrever o trabalho do poeta ideal [...] como se o poeta Valéry viesse satisfazer ponto por ponto o programa fixado pelo crítico Eliot. E é nesse momento que a relação entre o poeta Eliot e o crítico Eliot fica muito mais problemática.

Essa é a hipótese central do trabalho de Marx, a qual, é preciso dizer, quer-se um trabalho essencialmente pautado nos escritos críticos publicados por Valéry. O próprio Marx, no entanto, em movimento análogo ao de Barbosa, volta ao trabalho de Valéry em outros termos. E dessa vez ele o fará a partir dos *cadernos*, o que o leva a evidenciar a presença de uma poética dupla. Segundo ele, ao lado da poética dita "formalista", pautada na poesia como exercício, na arbitrariedade do acabamento e na natureza acidental da publicação, há uma outra poética, a da voz.

João Alexandre Barbosa (1984, p. 57), ao seu modo, reconhece também essa duplicidade dentro daquilo que chama, na sua leitura do *Cemitério*, de jogo entre imobilidade e movimento, percebido por uma consciência que se esforça por manter a tensão entre dois termos contraditórios, — cemitério e mar. Aqui também é possível vislumbrar a relação entre a espuma dos fatos e a densidade do mar, entre a imobilidade da obra publicada e o movimento perpétuo dos cadernos, entre a determinação e a indeterminação que se sobredeterminam nessa nova fase de leitura da obra de Valéry. Afinal, o que não se fixa, não é nada; e o que se fixa, está morto. Nesse intervalo, na leitura do intervalo como propunha Barbosa, jogam-se as cartas e as possibilidades da arte, como veremos adiante em outro texto seminal de 1974, o *Semiótica e literatura* de Décio Pignatari.

Esse jogo entre variação e regularidade servirá ainda para a leitura de Barbosa dos manuscritos do poema, ao apontar que, ao lado das variantes, há duas estrofes que não se modificam e que se encontram aproximadamente no meio do poema. Elas correspondem às estrofes XIII e XIV das 24 que compõem o poema. Nesse "centro geométrico" encontra-se o verso "eu sou em ti a secreta transformação". Segundo Barbosa (1984, p. 57), "transformado por tudo o que no poema até ali foi dito, este *je* aponta para a realização efetiva do poema enquanto mediação entre os estados de emoção e afetividade e aquele outro, soberano, que se quer atuante, o da inteligência e da reflexão criadoras". E ele insiste na reflexividade metalinguística ao afirmar que os termos utilizados:

> [...] descrevem a parábola do exercício poético: entre a pureza do "grande diamante" e a aceitação daqueles que, sob a proteção da "noite pesada de mármores", encontram o instante absoluto, está o poema que *recusa* o "vago" e constrói sua teia de impasses entre um "povo errante".
>
> Portador do movimento, desde que linguagem, o poema não só constrói a sua teia mas destrói a possibilidade do absoluto. A *recusa do "vago"*, contraposto à aceitação do "povo errante", determina os limites dentro dos quais o poema se incrusta como mediador. (Barbosa, 1984, p. 59, grifos nossos)

A recusa mallarmeana do vago pela sugestão, como mostra Barbosa, desdobra-se numa recusa do absoluto, mesmo do acaso absoluto, recusa da "Ideia" e de outros entes abstratos que, com suas grafias maiúsculas, instauram uma determinação absoluta. "O cemitério marinho" é também uma grande reflexão sobre o naufrágio, e a indeterminação em jogo produz uma tensão movente entre o grande diamante, as tumbas, o mar e os corpos, os pequenos "eus" com seus arrependimentos, dúvidas, contradições. Nesse intervalo, Barbosa (1984, p. 60) vê um laborioso gesto tradutório:

> Dois níveis de tradução, portanto: aquele que, numa primeira leitura, revela a transformação da experiência mediterrânea de Sète num motivo para a meditação através do poema e aquele que implica na reflexão sobre os próprios limites da transitividade entre experiência e poema. A passagem de um para outro nível, num contexto de inclusão permanente que é o contexto poético, é o que, sem dúvida, torna o poema denso, exigindo do leitor uma constante reduplicação de seus termos.

Trabalho de luto e, portanto, trabalho sobre os limites da transitividade, tradução infinita não apenas entre línguas, mas entre experiência e poema. E o leitor dessas traduções, como da tradução do poema, deve desdobrar a reduplicação desses termos, pois que a questão se torna o sentido, a direção com que essas múltiplas camadas que habitam as relações se sobredeterminam. Nesse sentido, não é à toa que voltamos agora a essa retomada de Valéry nos anos 1970, pois vivemos o mesmo refluxo, após um processo de redemocratização, de um viés autoritário. Ainda não como o de 1974, mas a complexa abertura, antes como hoje, procura produzir uma discursividade e uma temporalidade que achatam a multiplicidade de tempos, as contradições, os projetos truncados, em suma, reitera as marcas da violência que impedem todo o trabalho de luto. Isto é, impedem aquela tradução contínua entre o que resta e as ausências, lugar por excelência onde a linguagem, feita experiência, articula uma outra relação entre os cemitérios e o mar da história.

1984: Valéry e o fim das utopias

Se aceitamos, no entanto, que o "mar desde sempre recomeça", a questão que se impõe após a ditadura é como e por onde recomeçar. Sabemos que a transição democrática se mostrou imensamente problemática e, especialmente no ano de 1984, mostrava-se penosa com a rejeição das eleições diretas, o que levou um apoiador do golpe que instaurou a ditadura civil-militar, José Sarney, à presidência.

1984 é também o ano da publicação de "Poesia e modernidade: Da morte da arte à constelação. O poema pós-utópico" de Haroldo de Campos, lido primeiramente no México, em homenagem ao aniversário de setenta anos de Octavio Paz. Entre outras importantes reflexões, o ensaio aponta para aquela historicidade distorcida que vinha se delineando desde os anos 1970 e que encontra sua formulação mais contundente como "crise das utopias" e "crise das ideologias". Ele reconhece que os anos 1960-1970, por mais que tenham trazido uma revolução comportamental e contracultural, corresponderam à imposição de um capitalismo "imperial" e "selvagem" e a um Estado repressivo e uniformizante, que transformou os revolucionários em burocratas. Nesse contexto, a poesia se esvazia de sua função utópica. O que resta, segundo ele, é uma poesia pós-vanguardista, pós-utópica. Essas colocações não poderiam ser mais valerianas pela dupla violência unívoca do Capital e do Estado que se sustentam cinicamente quando a moeda e o poder perderam os lastros que o sustentavam (Cf. Provase, 2016). A recusa valeriana desse estado de coisas faz eco às recusas drummondianas, cabralinas, marioandradinas... nesse movimento constante de fluxos e refluxos da ligação da poesia brasileira com os polos construção e espontaneidade, modernização e vanguardas, onde sempre reaparece a figura de Valéry.

No contexto específico do ensaio de Haroldo de Campos, essa passagem se faz com uma ênfase central na tradução. Como se trata de uma época de "sínteses provisórias", que admitiria a existência de uma "história plural", a tradução permitiria "uma apropriação crítica do passado", não mais sincrônica, nem diacrônica, mas como uma pluralidade de tempos possíveis. Assim, conclui-se que

> [...] a poesia pós-utópica [...] tem na operação tradutória um dispositivo crítico indispensável. O tradutor, como diz Novalis, "é o poeta do poeta", o poeta da poesia. A tradução — vista como prática de leitura reflexiva da tradição — permite recombinar a pluralidade dos passados possíveis e presentificá-la como diferença, na unicidade *hic et nunc* do poema pós-utópico. (Campos, 1997, p. 269)

E, alguns meses depois, em janeiro de 1985, Haroldo de Campos publica "Paul Valéry e a poética da tradução: As formulações radicais do célebre poeta francês a respeito do ato de traduzir". Valéry pode então ser pensado como um autor-chave na elaboração teórica do poema pós-utópico. É a partir das "Variações sobre as bucólicas" que Campos coloca em relação aquilo que ele chama de "formulação radical" de Valéry e as reflexões sobre tradução, feitas por Borges e Benjamin, que o levarão ainda uma vez mais a Mallarmé. Diz ele: "Valéry e Benjamin se reconciliam em Mallarmé" (Campos, 2013, p. 71). O mais importante para Campos (p. 72) é sobretudo a aproximação entre escritura e tradução que se encontra no ensaio de Valéry sobre as *Bucólicas*, assim como o fato de Valéry observar que traduzir é uma "aproximação da forma" e, acima de tudo, "discussão por analogia". E arremata: "discutir por analogia não é uma simples duplicata ou imitação, isso significa algo ativo e transformador".

Essa tomada de partido haroldiana ressoa o já citado livro de Décio Pignatari, *Semiótica e literatura*, especialmente se tomado como uma outra pedagogia do signo, a qual vinha se formulando desde os anos 1970 a partir do "quase-método ana-lógico" de Valéry-Vinci: "o segredo está nas relações" (Pignatari, 1974, p. 19). Relacionar qualidades que se assemelham, mas também relacionar diferenças em um contínuo. Uma lógica imaginativa que, recusando os nichos de especialistas, atravessa as artes, a ciência, a lógica e a estética. Como gesto pós-utópico, não se trata de pôr o pensamento, a sensibilidade e a arte em uma única direção homogeneizadora, mas de produzir tanto contínuos (a continuidade entre as coisas) quanto sistemas discretos (de "variar as imagens, de combiná-las, de fazer coexistir a parte de uma com a parte de outra, e de perceber, voluntariamente ou não, a ligação de suas estruturas" [p. 19]), relacionar indeterminações e determinações ("o mundo é irregularmente semeado de disposições regulares" (p. 19), acatar desordens e refutar ordens (a ordem e a desordem são dois inimigos da humanidade). Enfim, atentar para a historicidade das relações, suas temporalidades e qualidades heterogêneas que possibilitam pensar: "se tudo fosse irregular — ou regular — não haveria pensamento" (p. 20).

O pensamento que atravessa as coisas, e que não é uma capacidade apenas humana, se dá por essa passagem de um campo sensível a outro, de um domínio de experiência a outro, de um afeto a uma cor, a uma palavra, a um som em reenvios infinitos: "Ele [Leonardo] sabe do que é feito um sorriso: pode colocá-lo na fachada de uma casa ou nos meandros de um jardim" (Valéry apud Pignatari, 1974, p. 19). Nesse quase-método analógico, descobrir vem antes de procurar, e ensinar é fazer descobrir. É todo um outro mundo de possibilidades que se abre e outro modo de relacionar acaso e ordem. Mas, sobretudo, é um modo de não separar as práticas das formas de pensamento. Para Valéry, Leonardo era um filósofo porque não separava o fazer do pensar.

Essa colocação em ato do pensamento ligado à prática e à relação entre as práticas também marca a operação tradutória dos irmãos Campos e de Décio Pignatari, que não separavam traduzir de pensar, como não separavam criar de traduzir. Valéry será então uma peça importante da reformulação da poética do traduzir desses poetas. E é nesse quadro amplo de questões que vem a público, também em 1984, "Paul Valéry: A serpente e o pensar", em que vemos lado a lado a tradução de "Ébauche d'un serpent", assim como excertos dos *cadernos* com vários desenhos concernentes à imagem de serpentes. É a primeira tradução, até o momento, de parte dos cadernos e feita a partir da edição fac-símile do Centre National de la Recheche Scientifiques (CNRS), e não daquela organizada por tópicos da Pléiade/Gallimard. A escolha do esboço, como o esboço do método, quase-método, por Augusto de Campos (1997, p. 21), é justificada por se tratar do poema "mais rico" de *Feitiços* no que concerne à utilização de "todos os artifícios da palavra", ou mais, por se tratar de um monólogo que "passa por todos os estágios da voz humana, da ternura à cólera, do desafio à hipocrisia, da eloquência à persuasão, da tristeza ao orgulho, do grito à argumentação, numa ironia quase contínua". Vê-se como a voz que sai da linguagem, mais do que a voz da linguagem, passa a ser a questão.

Por todo o livro, desde sua concepção, o aspecto gráfico, os jogos sonoros, as mudanças de tom, a "sensualidade da linguagem", sua presença, se misturam ao tema da ausência, de um suposto deus oculto de um mundo que não é mais que um defeito na pureza — insuportável, mesmo para deus — do não-ser. Augusto de Campos radicaliza a farsa metafísica do poema, fazendo girar os pontos de vista e as posições enunciativas que derivam da queda da onipresença da voz divina.

Entre a sonoridade e o nada, a presença e a ausência, o som e o sentido, o corpo e a linguagem — na elaboração desses limiares — se joga a política do pensamento dada pela associação, por Augusto, da serpente que morde o próprio rabo e o ato de pensar. É a serpente como símbolo do intelecto e da sabedoria que vai ressoar na forma mesma das palavras: "Há quem afirme ser a serpente, desde a Antiguidade, um símbolo da sabedoria, como o indicaria o nome grego *ophis* (serpente), um quase-anagrama de *sophia* (sabedoria). Eu me pergunto se Valéry não teria consciência de que a palavra *penser* é um palíndromo silábico de *serpent*" (Campos, 1997, p. 11).

Esse lugar da serpente, como posição enunciativa e ponto de vista, sensual e intelectual ao mesmo tempo, revela em muito um horizonte de abertura democrática que se delineava como recusa da voz grossa, violenta e autoritária da ditadura. A inteligência do país do futuro no seu QG desértico de Brasília aqui encontra um pensar que é sinuoso, ambíguo, sensual, com todas as imperfeições e os defeitos de uma prática, um contínuo que liga a serpente ao pensamento ("serpent: penser") e o presente à serpente (presente: serpente), em um jogo de recirculação que aproxima Valéry de Mallarmé e Joyce, pela última estrofe da primeira versão do poema, assim traduzida:

"e entre a cintilação tremente/ de sua cauda eternamente/ eternamente o fim morder" (Campos, 1997, p. 23).

É por esse caminho mais radical da leitura de Valéry que vemos outro valeriano confesso, Sebastião Uchoa Leite (1989), propor uma espécie de variação/tradução de "Esboço de serpente", no mesmo ano de 1984:

Outro esboço

A serpente semântica disse:
não adianta querer
significar-me
neste silvo.
Meu único modo de ser é a in
sinuosidade e a in
sinuação.
não é possível pensar
a verdade
exceto como veneno

Uchoa Leite leva aqui ao limite a hesitação entre o sentido do poema e o silvo que atravessa toda significação, silvo que se coloca ao mesmo tempo como um grito do sensível na construção do sentido e como um fundo existencial opaco e intransponível. Resta um modo de ser, um modo de serpente, *in-sinuosa in-sinuação*, por sua vez também atravessada por algo que escapa e excede: só há verdade se tomarmos o pensar como uma secreção (algo corporal, da ordem do sensível, portanto) que se inocula no outro (transpondo um limite), colocando o pensamento como um modo de lidar com a alteridade (sobretudo de si mesmo) e a morte.

Tanto no livro-tradução de Augusto, quanto na poética de Sebastião Uchoa Leite exposta nesse poema, vemos que está em jogo um outro Valéry em um movimento que busca aproximar o poeta e o crítico, o poema e os *cadernos*, a experiência e o pensamento, ultrapassando as dicotomias que pautavam a recepção de Valéry e, de certo modo, como tentamos mostrar, também pautava os embates da poesia brasileira do século XX. Não se trata nem de hegemonizar, nem de excluir o pensamento, e sim de apontar essa hesitação prolongada entre pensamento e voz, linguagem e corpo, razão e afeto. A poesia não é nem a regra, nem a ausência de regra, mas o espaço de relação entre a presença e a ausência, entre o presente e o passado, onde se joga a política, embora não seria exatamente esse o caminho que o país tomaria, mais próximo da versão definitiva do *Esboço* na qual há um esvaziamento da própria política da serpente-pensamento:

"A sede que te fez tamanha/ Até ao ser exalta a estranha/ Onipotência que é o nada" (1987, p. 56).

No limite da bricolagem do jogo linguístico se evidencia toda a força e toda a dificuldade dessa poética, como também é de onde redunda toda a beleza e o exagero da operação tradutória da poesia de Valéry. E Augusto de Campos continuará a perseguir a serpente valeriana. Em 1987 publica o monumental *Linguaviagem*, livro que ele próprio define como um exercício de crítica via tradução. Esse volume reúne poemas de Mallarmé ("Hérodias"), Valéry ("La Jeune parque", "La Dormeuse", "Les Grenades", "Au Soleil") e outros de Yeats, Keats e Blok. Com efeito, Valéry ocupa um lugar central, e a tradução de seus poemas compõe boa parte do livro. O ensaio de abertura, "De 'Herodias' à 'Jovem parca': Uma arte de recusas", coloca Valéry em continuação e tensão com Mallarmé, mas, de todo modo, em um patamar que ainda não tínhamos visto desde sua retomada nos anos 1970. Graças aos poetas ligados ao movimento concretista, nesse momento pós-utópico, que também é uma retomada das leituras de sua formação no final dos anos 1940 início dos 1950, Valéry alcança outro aspecto e outro lugar.

Em um primeiro plano, impõe-se uma leitura da arte das recusas, da necessidade de rigor, de não se deixar facilmente levar pelo novo, pelo fácil, pelo banal. Um rigor que não é autoritário e que instaura uma outra relação com a norma. Produz-se assim uma recepção mais fina, que percebe a arte como essa passagem do arbitrário ao necessário, como espaço quase religioso onde o próprio sentido da existência se revela no refinamento infinito do trabalho de elaboração, atravessando o processo e o poema, o ato de escrita e o de leitura, mediado pela leitura-escrita da tradução. O que se dá a ver aqui, em surdina, é esse trabalho de inovação sem o culto da novidade, por ressonância de outros tempos, "por outros passos menos aparentes". É uma recusa também da banalidade brutal da vida, atravessando a violência do presentismo em busca de outros modos de existência, outros afetos, outras formas de pensamento e regimes de imaginação.

A tradução se coloca aqui como reminiscência, como sobrevivência. Valéry dizia mesmo que uma época como a nossa jamais teria inventado algo como a poesia. Ela é um espaço de ressonância de outras temporalidades e de outras imagens. Por isso a força da reatualização de figuras míticas como Herodias e a Jovem Parca. Elas são um modo de sobrevivência de imagens, como um modo de sobreviver ao trauma, no caso de Valéry, da Primeira Guerra na Europa. Sob o signo da guerra e da morte, o mistério e a opacidade se impõem como espaço de recirculação das imagens e de transformação do pensamento.

A jovem parca que tece os fios da vida, separa o vivo do morto, como a cabeça cortada do cântico de São João em "Herodias", "que repele ou corta/ os antigos desacordes/ com o corpo" (Campos, 1987, p. 34). Essa impossibilidade de subjetivação da própria experiência e do próprio corpo aponta um limite intransponível da reflexividade romântica. É alguém que chora ali, "tão próxima de mim a ponto de chorar", como se o sujeito fosse inacessível para si mesmo: "eu me via me ver" (p. 35), preso no labirinto narcísico do olhar, como uma serpente que acaba de me morder. E de novo estamos enredados no oroboro valeriano em um grau de densidade e clivagem quase insuportáveis.

Mas essas ruínas têm uma certa rosa. É daí que sai o pronome oblíquo, não como uma clivagem do sujeito, mas como um diferir do mesmo, traduzido magistralmente por Augusto como uma misteriosa "MIM", diferente do eu e que não é um espaço alienado, mas um estranho que se internaliza na transformação dos espaços fantasmáticos em que opera o luto (Cf. Nodari, 2018). Como tradução, como uma outra relação com o pensamento, como espaço mitográfico, como uma outra forma de sobrevivência, como um atravessamento de temporalidades. O luto, diante da perda que ecoa aqui um outro luto, mais oculto de tão óbvio: o luto da saída do golpe militar que o Brasil se recusava (e ainda se recusa) a fazer.

Valéry e a abertura

Linguaviagem sai em 1987, um ano antes da promulgação da Constituição de 1988, na qual se selava um novo — complexo e paradoxal — pacto social no Brasil. Na onda da abertura e atento à complexidade do processo e mesmo da relação entre poética e política em Valéry, João Alexandre Barbosa publica um excelente conjunto de ensaios que sai em 1991 sob o título *Variedades*. Era o momento propício para retomar a complexidade do crítico e ensaísta e dar-lhe uma dimensão que atravessava a poética, a estética e a literatura para dialogar com a filosofia e a (quase) política. Desde a introdução, a densidade e o alcance da empreitada valeriana são colocados como corolário da compreensão da poesia que o leva às mais instigantes aventuras da "alquimia do espírito", como proposto no posfácio de José Aguinaldo Gonçalves (1991, p. 219).

É um momento de abertura política e de um pensamento político da abertura (e seus limites) que esses ensaios dão a ver, entre o pensamento e a voz, "o som, o sentido, o real e o imaginário, a lógica, a sintaxe e a dupla invenção do conteúdo e da forma". O poema em ato aciona todo o universo de possibilidades do espírito, entre os limites da razão de M. Teste e o rigor imaginativo do fazer/pensar de Leonardo da Vinci. Traça-se aqui também, além das referências a Poe, Mallarmé e Eliot, uma outra constelação valeriana formada por Borges (que amava "os lúcidos prazeres do pensamento e as secretas aventuras da ordem") e Italo Calvino, que, nas suas Norton Lectures, colocava Valéry como signo da multiplicidade e da consistência; "a inteligencia da poesia juntamente com a da ciência e da filosofia, como a do Valéry ensaísta e prosador" (Calvino, 1990, p. 133).

Esse momento do Brasil era propício a esse espaço maior de reflexão e sutileza na compreensão da escrita valeriana, somado ao grande aumento do número de universidades e editoras. O fato é que, ao se completar cinquenta anos da morte do poeta, em 1995, grande parte de sua obra em prosa começou a ser publicada no Brasil, com algumas exceções lastimáveis, como, por exemplo, a inexistência de uma tradução de seus *Cahiers*, nem que fosse de uma antologia como aquela publicada pela Gallimard na coleção Pléiade, nos anos 1970. Concretamente, ao longo desses anos foram traduzidos *Eupalinos ou l'architecte* (1995), *L'Âme et la danse et autres dialogues* (1996), *Monsieur Teste* (1997), *Introduction à la méthode Léonard de Vinci* (1998), *Degas danse dessin* (2003), *Alphabet* (2009), *Mon Faust* (2010), *Mauvaises Pensées et autres* (2016), *Amphion* (2017).

Desse modo, começa a aparecer não só o ensaísta Valéry, mas o ficcionista, o escritor de diálogos, de peças dramatúrgicas, de reflexões esparsas como os *cadernos* e mesmo de libretos de ópera. Como bem viu Marcelo Coelho (1996, p. 13), no prefácio de *A alma e a dança*: "é nesse espaço entre corpo e espírito, entre som e sentido, entre sensualidade e razão, entre consciência e transporte que se movem os diálogos traduzidos neste volume". E não só nesses diálogos, pois também nas outras traduções começa a aparecer o Valéry compreendido no seu movimento e na sua multiplicidade, agora com publicações completas do *ciclo Teste* e do *ciclo Leonardo*.

Essa potência valeriana aparece também com força no campo poético e produz torções interessantes no modo de se pensar a poesia no Brasil, como se vê em um dos livros mais importantes da década, as *Algaravias* (1996) de Waly Salomão. No poema TAL QUAL PAUL VALÉRY (p. 27), ele escancara a força programática da complexa trama de pensamento e afeto, seriedade e jogo, som e sentido, que fazem a poesia:

Dorenavant, doravante,
(somente em algum caso específico
com calculado efeito retroativo)
cada poema
... onde tudo é equilíbrio
e cálculo
constitui
em si
per si
a resolução de ser poeta.
[...]
Valéry não é arremedo de escudo
para o acuado remoedor do ar de medo:
um poema deve ser uma festa do intelecto.
E poemas e festas e intelectos implicam riscos.

Mesmo com a força dessa tomada de posição mais valeriana juntando o cálculo com o "delírio das sensações", foi preciso esperar até o ano de 2013 para que aparecesse uma nova tradução acompanhada de um estudo. *Fragmentos de Narciso e outros poemas*, organizado por Júlio Castañon Guimarães, é a única publicação de um livro de poemas de Valéry desde os trabalhos de Augusto de Campos.[13] Professor, também poeta e tradutor de outros autores franceses, entre os quais Mallarmé, Guimarães dá continuidade aos trabalhos de Campos e Barbosa. No seu ensaio de abertura, ele retoma um conjunto considerável de questões que animam o debate em torno da obra de Valéry. Reconhece aquelas questões genéricas atribuídas à obra valeriana (dificuldade, formalismo, intelectualidade), mas o que lhe interessa sobretudo é a tensão que existe entre o trabalho do poeta e o do crítico. A proximidade entre essas dimensões de sua obra como interpretado por Hytier e Lawler revela uma íntima relação entre os manuscritos, as notas, os cadernos e os poemas. Acompanhando aqui de perto Judith Robinson-Valéry (2000, p. vii), toma-se o partido de que a poesia de Valéry é inseparável de sua prosa, o que não exclui a recomendação de que se leiam os poemas, de preferência em voz alta, para perceber o quanto "a voz humana está presente em toda essa poesia, vibrante e próxima".

[13] É preciso frisar que em algumas antologias de poesia em tradução encontram-se alguns poemas de Valéry, os quais já tinham sido traduzidos anteriormente. É o caso de "Les Gas" em *Poesia alheia* (Org. e trad. de Nelson Ascher. Rio de Janeiro: Imago, 1998); dos poemas "Les Pas", "Les Grenades" e "Le Cimetière marin", na *Antologia da poesia francesa* (Org. e trad. de Claudio Veiga. Rio de Janeiro: Record, 1991); "Le Cimetière marin", em *O mundo como ideia*, de Bruno Tolentino (São Paulo: Globo, 2002); e também em *O prazer do poema: Uma antologia pessoal*, de Ferreira Gullar (Rio de Janeiro: Edições de Janeiro, 2014). Veja-se que o "O cemitério marinho" voltou nos anos 2000 a ser traduzido por dois importantes poetas brasileiros.

Transmigrações, modificações, intertextualidades, inter-relações, movências, combinações, proliferações são as palavras constantemente retomadas ao longo de ensaio de Guimarães, no qual encontramos, claro, um conjunto considerável de páginas dedicadas ao *Fragmentos de Narciso*. Em um novo lance de relações, Guimarães percorre a gênese do tema do Narciso, que o leva a traduzir (entre outros poemas, cujas inter-relações são mais sutis ou menos evidentes)[14] o poema "Narciso fala", do *Álbum de versos antigos*. Mais uma vez, acionamos a temporalidade complexa da mitologia valeriana ao apresentar Narciso em fragmentos — rompendo essa forma reflexiva e se aproximando de um antinarciso — e trazendo para dentro do poema a noção de mito como uma estrutura movente em contínua variação. Claro que essa variação aqui assume um outro aspecto relacionado ao processo de escritura:

> O mais profícuo aqui é atentar para o fato de que uma leitura que associe os procedimentos de escrita de Valéry com poéticas combinatórias contemporâneas — e essa associação não pode ser estrita — se torna mais forte na medida em que ela incorporar às "versões definitivas" todos os diversos documentos do andamento de sua escrita. (Guimarães, 2013, p. 29)

Para apoiar sua compreensão desse complexo que caracteriza o conjunto da obra de Valéry como uma rede em que não é preciso separar a obra publicada dos *cadernos*, Guimarães retoma a reflexão de Jarrety (1992, apud Guimarães, 2013, p. 31), para quem:

> [...] considerando-se então a obra inteira, não podemos deixar de observar quanto, de um texto para outro, vêm ressurgir com frequência as mesmas questões abstratas que se tornaram literatura, ao mesmo tempo que elas escapam à literatura porque procedem também de um trabalho de ordem inteiramente diferente.

Assim, é o estatuto mesmo da obra valeriana que se reinventa no Brasil a cada edição, em função do modo como se coloca em relação a suas diferentes formas e seus diferentes espaços escriturais. A historicidade da escrita valeriana vai se imiscuindo na historicidade da poesia brasileira, desde as aventuras de décadas em torno da questão da poética, da retomada dos mitos, da crítica à modernização, da ética e da política da voz e do pensamento até os momentos mais marcantes da tradução, como as traduções do "O cemitério marinho" e dos "Fragmentos de Narciso", passando, sobretudo,

---

[14] De *Album de vers anciens*, ele traduz "Hélène", "Au Bois dormant", "Le Bois amical", "Les Vaines danseuses", "Narcisse parle", "Épisode" e "Air de séramis"; e de *Charmes*, "Fragment du Narcise" e "Palme".

por *A serpente e o pensar*. O que se delineia nesse arco é um interesse sempre renovado pela tensão entre o inacabamento e a forma, a imobilidade e o movimento, a arte como ato e o atravessamento de múltiplas temporalidades que foram assumindo, ao longo de quase um século, modos e tratamentos diversos, como exige uma escrita tão complexa e heterogênea.

A dinâmica que apresentamos da situação de Valéry traduzido no Brasil, atravessada tanto pelas traduções em livro de seus poemas, quanto pelo efeito de sua leitura na prática poética de diversos poetas brasileiros, acompanhou os mais de sete anos que nos dedicamos a traduzir pela primeira vez não apenas uma seleção de poemas de *Charmes*, mas uma versão integral do livro. Se, como vimos, a hesitação prolongada só se faz ato pela passagem de um plano a outro da composição, a consideração do livro como instância de enunciação possibilitou uma outra ordem de escolhas tradutórias.

A começar pelo título, optamos por um universo ontológico e etimológico que tentasse responder à composição de mundos que o conjunto dos poemas põe em jogo, desde as determinações rítmicas, prosódicas, métricas e rímicas até os campos semânticos, os conceitos, as evocações e os questionamentos míticos e metafísicos dos modos de habitação do mundo e da linguagem, que se desdobram no interior do próprio ato poético.

Assim, o nosso *Charmes* de Valéry se transformou em *Feitiços*, por uma série de razões que desenvolvemos no artigo "Traduzir os *Charmes*, de Paul Valéry",[15] apontando para as forças que atuam sob as formas, para a transformação dos mundos que atravessam as palavras, para o gesto disruptivo do ato de encantamento em um mundo administrado, para o atravessamento de tempos e culturas que a poesia performa, sobretudo, quando traduzida para a potência do ato poético.

Enfim, por se tratar de uma tradução a quatro mãos, percebemos o quanto levar ao limite o atravessamento de corpos, planos, possibilidades e tempos no interior do nosso próprio processo tornava-se não só um aparato crítico, mas uma operação tradutória. Mas como sabia Valéry, a literatura só existe como ato, e é na abertura dessa operação para outros corpos, outros tempos e outras camadas de leitura que saberemos o seu alcance, quem sabe para possibilitar outras e infinitas retraduções.

---

[15] Cf.: Álvaro Faleiros e Roberto Zular, "Traduzir os *Charmes*, de Paul Valéry". *Domínios de Lingu@gem*, v. 11, n. 5, pp. 1.536-55, 21 dez. 2017.

Referências bibliográficas

ALMEIDA, Guilherme de. *Poetas de França*. 5. ed. São Paulo: Babel, 2010[1936].

ANDRADE, Carlos Drummond de. *Claro enigma*. In: _____. *Nova reunião*. Rio de Janeiro: José Olympio, 1987.

ANDRADE, Mário. "O artista e o artesão". In: _____. *O baile das quatro artes*. São Paulo: Martins Fontes, 1963. pp. 56-9.

_____. "A raposa e o tostão". In: _____. *O empalhador de passarinho*. Belo Horizonte: Itatiaia, 2002. pp. 110-3.

ANDRADE, Mário; BANDEIRA, Manuel. *Correspondência Mário de Andrade & Manuel Bandeira*. Org. de M. A. de Moraes. São Paulo: Edusp/IEB, 2001.

BARBOSA, João Alexandre. "Leitura viva do cemitério". In: VALÉRY, Paul. *O cemitério marinho*. Trad. Jorge Wanderley. São Paulo: Max Limonad, 1984[1974]. pp. 51-65.

BENJAMIM, Walter. *Charles Baudelaire: Um lírico no auge do capitalismo*. São Paulo: Brasiliense, 1994.

_____. "Borges, leitor do Quixote". In: SCHWARTZ, Jorge (org.). *Borges do Brasil*. São Paulo: Unesp, 2001. pp. 51-76.

BOSI, Alfredo. *História concisa da literatura brasileira*. São Paulo: Cultrix, 1998.

CALVINO, Ítalo. "Seis propostas para o próximo milênio". São Paulo: Cia. das letras, 1990.

CAMPOS, Augusto de. *Linguaviagem*. São Paulo: Brasiliense, 1987.

_____. *A serpente e o pensar*. São Paulo: Brasiliense, 1997[1984].

CAMPOS, Haroldo de. *Transcriação*. Org. de Marcelo Tápia e Thelma Médici Nóbrega. São Paulo: Perspectiva, 2013[1985].

CANDIDO, Antonio. *A educação pela noite*. Rio de Janeiro: Ouro sobre Azul, 2011.

CARONE, Modesto. *A poética de silêncio*. São Paulo: Perspectiva, 1979.

COELHO, Marcelo. "Prefácio". In: VALÉRY, Paul. *A alma e a dança e outros diálogos*. São Paulo: Imago, 1996.

DAMASCENO, Darcy. *De Gregório a Cecília*. Rio de Janeiro: Edições Galo Branco, 2007.

DIDI-HUBERMAN. *Ninfa Moderna. Essai sur le drapé tombé*. Paris: Gallimard, 2002.

FRANCISCO JR., Eduardo. *O livro vertebrado: A articulação dos poemas em* Claro enigma *de Carlos Drummond de Andrade*. Dissertação (Mestrado em Teoria Literária e Literatura Comparada) — Faculdade de Filosofia, Letras e Ciências Humanas da Universidade de São Paulo, 2014.

GLEDSON, John. "Drummond e Valéry". In: _____. *Influências e impasses: Drummond e alguns contemporâneos*. Trad. de Frederico Dentello. São Paulo: Companhia das Letras, 2003.

GOETHE, Johann Wolfgang von. "Três trechos sobre tradução". Trad. de Rosvitha Friesen Blume. In: HEIDERMANN, Werner (org.). *Clássicos da teoria da tradução: Alemão-português*. Florianópolis: UFSC, 2001. pp. 16-25.

GUIMARÃES, Júlio Castañon. "Presença de Mallarmé no Brasil". In: _____. *Entre reescritas e esboços*. Rio de Janeiro: Topbooks, 2010. pp. 9-55.

_____. "Notas prévias". In: _____. *Fragmentos do Narciso e outros poemas*. Trad. de Júlio Castañon Guimarães. São Paulo: Ateliê, 2013.

GONÇALVES, José Aguinaldo. "Posfácio". In: VALÉRY, Paul. *Variedades*. Trad. de Maíza Martins Siqueira. São Paulo: Iluminuras, 1991. pp. 219 ss.

GULLAR, Ferreira. *O prazer do poema: Uma antologia pessoal*. Rio de Janeiro: Edições de Janeiro, 2014.

HOLANDA, Sérgio Buarque de. *O espírito e a letra*. v. 2. São Paulo: Companhia das Letras, 1996 [1924].

LARANJEIRA, Mário. *Poética da tradução: Do sentido à significância*. São Paulo: Edusp, 1993.

LATOUR, Bruno. *Nous n'avons jamais été moderne*. Paris: Découverte, 2006.

LEITE, Sebastião Uchoa. "Cortes/toques". In: _____. *Obra em dobras*. São Paulo: Duas Cidades, 1989.

LUCAS, Fabio Roberto. *O poético e o político: Últimas palavras de Paul Valéry*. Tese (Doutorado em Teoria Literária e Literatura Comparada) — Faculdade de Filosofia, Letras e Ciências Humanas da Universidade de São Paulo, 2016.

_____. "Modulation et résonances: L'acte poétique de Valéry". *Revue Doctorales*, Maison des Sciences de l'Homme de Montpellier, v. 4, 2017. Disponível em: <http://www.msh-m.fr/le-numerique/edition-en-ligne/doctorales>.

LUSSY, F. *"Charmes" d'après les manuscrits de Paul Valéry: Histoire d'une métamorphose*. 2 v. Paris: Lettres Modernes, 1990-1996.

MANIGLIER, Patrice. "Surdétermination et duplicité des signes: De Saussure à Freud". Savoirs et clinique, *Transferts Littéraires*, Erès, Ramonville Saint-Agne, n. 6, pp. 149-60, out. 2005.

_____. *La vie énigmatique des signes*. Paris: Léo Scheer, 2006.

MELO NETO, João Cabral. *Poesias completas*. 4. ed. Rio de Janeiro: José Olympio, 1986.

MARX, William. *Naissance de la critique moderne: La littérature selon Eliot et Valéry*. Arras: Artois Presses Université, 2002. (Col. Manières de Critiquer)

_____. "Les deux poétiques de Valéry". In: _____. *Paul Valéry et l'idée de littérature*, 2011. Disponível em: <http://www.fabula.org/colloques/document1426.php>.

MENDES, Murilo. *Obras completas*. Rio de Janeiro: Aguilar, 1995.

_____. *Poliedro*. São Paulo: Companhia das Letras, 2017.

MESCHONNIC, Henri. *Langage, histoire, même théorie*. Paris: Verdier, 2012.

NODARI, Alexandre. *Alterocupar-se: Obliquação e transicionalidade ontológica*, 2018. Disponível em: <https://docgo.net/philosophy-of-money.html?utm_source=alterocupar-se-obliquacao-e-transicionalidade-ontologica>.

OLIVEIRA, Gustavo Ponciano Cunha; SOUZA, Jamesson Buarque de. "Drummond e Valéry: enigmas eventuais". *Itinerários*, Araraquara, n. 43, pp. 179-95, jul.-dez. 2016.

PAZ, Otavio. *Un sol más vivo*. Org. de Antonio Deltoro. Cidade do México: Era, 2009.

PIGNATARI, Décio. *Semiótica e literatura*. São Paulo: Perspectiva, 1974.

PROVASE, Lucius. *Lastro, rastro e historicidades distorcidas: Uma leitura dos anos 70 a partir de Galáxias*. Tese (Doutorado em Teoria Literária e Literatura Comparada) — Faculdade de Filosofia, Letras e Ciências Humanas da Universidade de São Paulo, 2016.

SALOMÃO, Waly. *Algaravias*. São Paulo: 34, 1996.

STERZI, Eduardo. "O reino e o deserto. A inquietante medievalidade do moderno". *Letteratura d'America*, XXIX, n. 125, pp. 61-87, 2009.

SISCAR, Marcos. Poesia e crise. São Paulo: Unicamp, 2010.

SÜSSEKIND, Flora (org.). "Apresentação". In: _____. *Corresponência de Cabral com Bandeira e Drummond*. Rio de Janeiro: Nova Fronteira, 2001. pp. 7-17.

_____. *A voz e a série*. Rio de Janeiro/Belo Horizonte: 7Letras/UFMG, 1998.

TÁPIA, Marcelo. "A nossa poesia francesa". In: ALMEIDA, Guilherme de. *Poetas de França*. 5. ed. São Paulo: Babel, 2010 [1936]. pp. 5-8.

TOLENTINO, Bruno. *O mundo como ideia*. São Paulo: Globo, 2002.

ROBINSON-VALÉRY, Judtih. "Préface". In: VALÉRY, Paul. *Poèmes et petits poèmes abstraits*. Seleção e apresentação de Judtih Robinson-Valéry. Paris: Gallimard, 2000.

VALÉRY, Paul. *O cemitério marinho*. Trad. de Darcy Damasceno. Rio de Janeiro: Orfeu, 1949.

_____. *Œuvres I*. Paris: Gallimard, 1957.

_____. *Œuvres II*. Paris: Gallimard, 1957.

_____. *O cemitério marinho*. Trad. de Darcy Damasceno. Salvador: Dinamene, 1960.

_____. *O cemitério marinho*. Trad. de Edmundo Vasconcelos. São Paulo: Massao Ohno-Roswita Kempf, 1981(?).

_____. *O cemitério marinho*. Trad. de Jorge Wanderley. São Paulo: Max Limonad, 1984 [1974].

_____. *Variedades*. Trad. de Maíza Martins Siqueira. São Paulo: Iluminuras, 1991.

WANDERLEY, Jorge. "À margem do mar do cemitério". In: VALÉRY, Paul. *O cemitério marinho*. Trad. de Jorge Wanderley. São Paulo: Max Limonad, 1984 [1974]. pp. 15-19.

ZULAR, Roberto. *No limite do país fértil: Os escritos de Paul Valéry entre 1894-1896*. Tese (Doutorado em Teoria Literária e Literatura Comparada) — Faculdade de Filosofia, Letras e Ciências Humanas da Universidade de São Paulo, 2001.

_____. "Valéry e o Brasil ou a literatura comparada como produção de contexto". *Ponto e Vírgula*, São Paulo, pp. 49-65, 2013.

RESSONÂNCIAS FEITICEIRAS

Tiganá Santana

Akulu adya mbá (ngazi), atawul'e nkamfi

Os antepassados comeram as nozes da palmeira e deitaram os sobejos[1]

Aos poetas-tradutores, Álvaro Faleiros e Roberto Zular, reitero que passo por estas linhas por motivos de vida, isto é, de feitiço. E começo pelo que, talvez parcialmente, parece fazer com que as poéticas ontológicas valerianas abram a abertura grafada pelo matemático e físico Henri Poincaré. Abrir a abertura não diz sobre vir antes ou depois, no que concerne a temporalidades visitadas. Trata-se de espargir-se às várias historicidades e morfologias num trânsito que aponta para o caos (simultaneamente, onde se está, esteve e estará). O 'caos determinístico' de Poincaré, entre regulação e o que não se poderá prever, interação de componentes, não linearidade; o caos da real ação de abrir-se e a dilatação hermenêutica de Hesíodo; o caos profuso-confuso de Ovídio; desse modo, o cisma, a matéria indiferenciada, as artérias históricas das ideias de certo Ocidente. Tanto que a aurora (*l'aurore*) valeriana inicia-se com a confusão... (re)entrar no que é *l'aube*, no sono, no zênite, nos desdobramentos, na escuridão (Érebos) — pedaço mítico de Caos —, no não ser ofídico, que é transversal, a despeito das fundas variações plissadas. O universo, aliás, faz-se defeito e o que se desgarra (e vive) de um não ser sem mácula, não coagulado por incidência de outra força, donde se saboreia, sem tato, "a estranha / Onipotência do Nada!", na serpente que se esboça. Valéry trabalha na tradução de matéria e asperge algum mundo com linguagem ou sopro encorpado. No Brasil, identificam-se similitudes tradutório-metodológicas, desde o século XX, em Dorival Caymmi. Tanto Caymmi quanto Valéry traduzem o mar além da espuma, tudo o que é a partir dele operado, e levam-no à inscrição da própria linguagem, à música, ao ritmo das enunciações, aos sons que podem

---

[1] Sentença proverbial africana *kongo* traduzida para o português por Emanuel Kunzika.

ser emitidos pelas torções e proposições sintáticas. As águas acontecem e vazam num encontro ético com as faces equidistantes da coreografia poemática: os remos, o fundo, o poder salgado, as correntes fluidas, o vinho no Oceano, as águas festivas, alma que escuta rio.

Apesar de o poeta francês, egresso do pensamento cartesiano (em que a extensão, basicamente, é a manifestação da externalidade), separar, portanto, natureza de cultura, seu comportamento poético, com efeito, subtrai, em muitas camadas, essa clivagem. O feitiço dá-se, vigorosamente, aí: entre aquilo que resguarda o sentido latino do "fabricado" e o que assume, na acontecência, o encantamento, a cinética espaço-temporal, o multíplice existente como platô e conjunto de moléculas, a imagística escandida pela linguagem tão subterrânea quanto têxtil. O poeta Edimilson de Almeida Pereira, a esse propósito, conversou, primorosamente, com tal locus de linguagem. Para tanto, que se lembre do crepúsculo da "Cena 5" do marítimo cemitério do aludido poeta, que, em "calunga", ocupou mar com morte — morte com mar —, alicerçado em vivências que somente a afrodiáspora pode lactar em força-poesia: "a linguagem se joga/ no oceano — para desespero/ da memória/ que se quer museu de tudo". Na habitação das águas pela morte, lembrada, numa instância fundamental, por Edimilson, mais uma vez, o duo Valéry-Caymmi se nos apresenta como esteio precedente em relação, desde, por exemplo, "O cemitério marinho" (Paul Valéry) e "O mar" (Dorival Caymmi) — em que o vão transformativo da ausência é suposto/proposto; ou "O remador" (Paul Valéry) e "A lenda do Abaeté" — em que as águas doces levam vida ao fundo da morte, ou seja, sóis e pálpebras valerianas, bem como o batucajé caymmiano vigem no abismo. Se avanço um pouco mais, posso afirmar que as águas, salgadas e doces, misturam-se na morte, agora, noutro duo que se efetivou em solo baiano, Caymmi-Amado, tendo legado ao Brasil o sentimento concreto de ser "doce morrer no mar". Valéry, singrando o sonho, elucida-nos, nos "Fragmentos do Narciso", que "doce é sobreviver à força do dia", e que, dinamicamente, "um rio sem ruptura", tal qual concebido em "Poesia", é o que (nos) faz desaprender a morrer.

Sendo eu negro, é que, ancestral e diuturnamente, falo sobre feitiço como vida... e porque vida vivida, porque vida nem como vida nem como morte. Qualquer perspectiva de totalidade de experiências, destarte, remete-se à transmutação — às carnes e ausência transmutadas. Valéry mesmo se refere à "falsa morta" advinda de uma "tumba que enfeitiça". Tenho a impressão de que vocês trazem para cá tais feitiços por quererem que o Brasil retire-se da morte que não transforma. Aprendi, diante da existência de *kindoki*, que há ciência quanto ao inconteste fato de que a transformação contínua do

234

que vive não se dá no âmbito das formas, como se estas fossem percebidas como pouca casca a proteger as nervuras do caule. O que se transforma combina ontologias moventes e dialoga com o eleatismo, eventualmente, evocado por Valéry no seu "O cemitério marinho", trazendo-nos, sem vestes, a reconstatação de que "Aquiles se move parado". A arte pesqueira de Valéry baila entre o estável e os fluxões, o que, ao fim e ao cabo, conduz-nos sempre aos sistemas dinâmicos de Poincaré.

Quando penso em dinâmicas imemoriais, ou seja, quando não as posso vincular a nomes e inventividades específicos, mas a gênios coletivos, debruço-me diante dos horizontes negro-africanos a partir do Brasil. Aproximo-me, então, conforme supracitado, de *kindoki* — "feitiço" na língua africana *kikongo*, tão presente no léxico luso-brasileiro. Trata-se do reconhecimento dos pendores do que vive a ser sempre outra entidade em relação a qualquer perspectiva. A ciência tradutória do ente-outro é noturna, isto é, dá-se a partir do caos-onde e de quando se sonha; de quando se transita pelo mundo sem corpo encerrado. Valéry sonhara o Nada e os florescimentos, bem como vocês sonham, em contexto de novas guerras sem guerreiros, os sonhos valerianos e as pedras da ordem do dia. Mas, também, e, sobretudo, sonham, do Brasil, uma ética das forças encantadas: dançam jarê, omolokô e umbanda, numa translação que aspira a devolver ao feitiço linguageiro a sua eficácia na pluralidade da floresta.

Soa qual importante revés que vocês tragam o feitiço à sua complexidade--fonte, na diáspora negra, após, conforme retomado por Emmanuelle Tall em relação à observação de William Pietz, a sua ideologização contrarreformista condenatória para com as espiritualidades e cosmologias africanas.

E toda a grandeza da translação de vocês, reúne-se, como natureza, na poética urdida pela "Palma", a qual chega por último, nesta obra, por ser a primeira resposta à questão basilar sobre a vida. É exatamente essa engrenagem transformativa da "Palma" que encontramos nos tambores, nas mediações e nas filosofias das enunciações afro-brasileiras, antes da intuição de Valéry, depois das pandemias depauperadas, no instante em que toda a poesia e o tempo se inscrevem na poeira. A "Palma" é, portanto, o puerpério deste dia, o conjunto de "feitiços do dia", de acordo com o traduzido de "O remador". Só se pode vislumbrar, tanto quanto o Nada onipresente, esta percepção, esta visada blindada. Por outro lado, trata-se, de alguma maneira, do que expressa Valéry ante o *ni vu ni connu*, de "O Silfo", e que vocês trouxeram às nossas mãos como "nem visto ou sabido". Agradeço-lhes por traduzirem as perguntas à aurora, que aparentemente se repete como "a espuma das coisas", conquanto seja, em verdade, *kindoki* a repetir o jogo de corpo das ontologias inaugurais.

Parece-me que todo o processo transmutativo-feiticeiro que se dá nos trajetos poéticos dos *Feitiços* [Charmes] efetiva-se porque "A Pítia" intermedeia a transitividade entre o que "treme desde os pés", da "Aurora", e a palmeira que espera "a mão de um deus!" (da "Palma"), a qual talvez venha dos céus, de onde vêm "os grandes atos", qual asseverado (eu arriscaria) em "Ode secreta". "A Pítia", a pitonisa — serpente já esboçada —, resguarda o lugar preciso da transformação por ser as múltiplas possibilidades de encarnação encantatória, a "potência criadora". O feitiço é transe da linguagem. A tríade vida-linguagem-feitiço chega pelo que é além do que poderia ser ou não ser. Ocorre-me aqui o que dissera o filósofo pré-socrático Heráclito de Éfeso, na tradução luso-brasileira de Emmanuel Carneiro Leão e Sérgio Wrublewski do seu fragmento 93, em relação ao Oráculo de Delfos, onde se situava o templo de Apolo: "O autor, de quem é o Oráculo de Delfos, não diz nem subtrai nada, assinala o retraimento". Justamente, a pítia fora a sacerdotisa do referido templo. Noutra tradução luso-brasileira do mesmo fragmento, dessa vez, por Gerd Bornheim, temos: "O senhor, cujo oráculo está em Delfos, não fala nem esconde: ele indica". No poema opera-se uma codificada e cromática *epoché* (suspensão de juízo) sem ataraxia (imperturbável estado de alma), no que concerne aos furores da beleza e da angústia vivente. Com efeito, Valéry redesenha o oráculo e o sacerdócio em "A Pítia". A "voz" que sabe já não está no templo. Nesse sentido, profana-se — do *profanus* latino ("estar diante do templo").

Pítia é, também, já noutro tempo grego e sem ser serpente, quem se casou com o filósofo Aristóteles, que teve uma filha de mesmo nome. Ela (a pítia fractal) repete-se qual "a língua de duplo fio" (de "Esboço de serpente"), é rito de florescimento e dúvida; ou, cavidade à "sabedoria", consoante rememorado pela perfuração dos versos de Valéry. E sabedoria é o que a pitonisa dissera haver, em nome de Apolo, quando perguntada, mais em Sócrates do que nas outras pessoas da Atenas em que o pai filosófico de Platão e avô de Aristóteles vivera. O mesmo Sócrates que, como o Oráculo, trazia no 'não saber' o constante "não saber ainda" até que se seja presença do já sabido. Ao não desvelar ou esconder, ao mesmo tempo, a pitonisa do transe ontológico desvela e segreda. Ela revela, isto é, vela duas vezes, no âmago fenomênico da evidência. Valéry abre fuga aos oráculos, aos vaticínios e ao que não basta. Em "A Pítia", Valéry não faz alusão direta a Apolo, mas a Afrodite (também invocada em "Ao Plátano") — deusa, segundo contado por Hesíodo, nascida na espuma... quiçá, isso ratifique o fato de o poeta exigir desta o profundo que se rarefaz entre as gentes. Uma vez que Afrodite vem da espuma, formada, por seu turno, do arremesso de algo ao mar (os órgãos genitais de Urano), reporto-me a Caymmi, dessa vez em parceria melódica com versos do poeta Manuel Bandeira, em "Balada do rei das sereias". Ao contrário da emersão de Afrodite, numa direção imersivo-adensada à espuma, é, assim, avozeado nas duas últimas estrofes do poema-canção: "O rei atirou/ Sua filha ao mar/ E disse às sereias: — Ide-a lá buscar/ Que se a não trouxerdes,/ Virareis espuma/ Das ondas do mar!/ Foram as sereias.../ Quem as viu voltar?/ .../ Não voltaram nunca!/ Viraram espuma/ Das ondas do mar".

No Brasil transatlântico de Caymmi, decantado pela inscrição da poesia de Edimilson de Almeida Pereira (voltamo-nos ao seu "O cemitério marinho"), entramos nos dutos das cosmopoéticas negras que afirmam outros invisíveis em diálogo com o rio-mar sentido e sangrado: "não pertencem ao hades/ olimpo/ de nenhuma ordem/ são outros além-outros/ que engolem a língua/ para regressar/ à primeira queda/ do rio". Valéry, noutro regime de acontecimentos, refere-se a uma mitopoética "doce" da queda em "Ode secreta": "Ah queda incrível, fim tão doce,/ Esquece as lutas, que delícia/ É escutar a espuma pôr-se/ Na dança, o corpo que desliza!". Talvez, os negros "outros além-outros", e somente eles, no Brasil, possam retomar uma doçura mais antiga que qualquer ideia de alteridade, numa queda que se faz tradução de um corpo-natureza na natureza-corpo. Esses "além-outros" vão além da morte porque se exprimem, propriamente, no infinito do corpo. *Ku mpemba* no corpo, "calunga" no corpo, o escuro no corpo.

Por fim e na dimensão dos segredos de vida e morte articulados pelos feitiços, eu diria que, por intermédio de Valéry, infere-se haver uma "secreta arquitetura", principalmente, no que viceja, de acordo com "As romãs". Seriam sempre "segredos de quem mente", conforme trazido em "O insinuante"? E o que é mesmo mentir? É quando "a palavra mais terna" fica à espera? "Quais segredos te queimam por dentro, minha amiga"? — pergunta Valéry para "Aquela que dorme". O silêncio do poeta é o que cria os passos de alguém — eis que me surgem à tela do imaginário o "silêncio em uníssono", num dado momento em que o poeta canta às colunas, e o "supremo fio que tece / O meu silêncio com o mundo", como descrito por ele em "A cintura". Valéry sublinha, incessante e sinuosamente, presenças e ausências que se alternam nos seus modos de ser, donde umas são as outras, para que o que se pode compreender em alguma instância (espiritual) como poesia corra tangível no alto relevo da "carne curva e rebelde". Por exemplo, "em uma só ausência", de acordo com o escrevinhador de "Ao Plátano", "choram, se confundem", a saber, "o tremor puro, o feitiço, e o fícus formado" — entidades separadas. Esses três vetores nos podem dirigir ao "Problema dos três corpos", que segue aos trabalhos de Isaac Newton, a posicionar-nos (jamais saímos de lá) nas alterações de partida e chegada dos corpos pensadas por Poincaré — amigo pessoal de Valéry. Faceamos, por cálculo, pela poesia e pelo não dito, novamente, o "caos determinístico". Se "o tremor puro, o feitiço, e o fícus formado" variam, modulam-se na sua fusão, "na sua doce nascença" (como se fundem os seus "membros de prata"), poderão criar outras aberturas caóticas, outras poéticas irrefreáveis. Que esses feitiços, caríssimos poetas-tradutores, ao lado de *kindoki* e, claro, dos cosmossonhos yanomami, para experienciarmos o Brasil "outramente", reacendam-nos o encanto como matéria, simultaneamente, ordinária e incapturável. A vida a caminhar com todos os enigmas "freme" na linguagem, e é a prosódia mais íntima do que se dá. Os *Feitiços* [Charmes] trazem toda uma textualidade que podemos sentir quando não é o momento nem da palavra nem do aceno ao transcendente. É a pedra sobre o corpo da vida e todas as transformações que a isso confluem (e que disso decorrem).

Com afeto
Salvador, 30 outubro de 2020

CRONOLOGIA DE PAUL VALÉRY

1871 Nasce Paul Valéry em Sète, França, no dia 30 de outubro. Filho de pai corso e mãe italiana. Como ele costumava dizer, o poeta que viria a ser tão reconhecido em seu país, não tinha uma gota de sangue francês em seu corpo.

1890 Após estudos em Montpellier e formação em Direito, Valéry conhece Pierre Louÿs e André Gide, que seriam presenças marcantes na sua vida afetiva e literárias.

1891 Encontro com aquele que seria seu mestre, Mallarmé, que o reconhece como poeta promissor: "Guarde esse tom raro". Primeiras publicações de poemas.

1892 Em 04 de outubro, ocorre o conhecido incidente biográfico chamado "Noite de Gênova". Assolado por uma crise intelectual e afetiva, ligada ao sentimento de impotência diante da perfeição de Mallarmé e Rimbaud, Valéry decide não mais escrever versos.

1893 Leituras científicas ganham importância (o "Tratado de eletromagnetismo" de Maxwell era seu livro de cabeceira), acompanhadas de seu interesse pela matemática que estudava com Pierre Féline.

1894 Mudança para Paris. Começa a escrita de seus famosos *cadernos*, espécie de diário onde até o dia de sua morte, Valéry anotava, nas primeiras horas do dia, tudo que lhe vinha ao espírito. Nem obra nem exercício intelectual, mas uma escrita particular que ele tentará organizar diversas vezes ao longo de sua vida.

1895 Publicação de *Introdução ao método de Leonardo da Vinci*.

1896 Publicação de *Uma noite com M. Teste*, *Uma conquista metódica* (sobre o perigo germânico), além de dois poemas: "Verão" e "Vista".

1897 Mallarmé lê em voz alta para Valéry as provas de *Um lance de dados*.

1898 Com pouquíssimas exceções, a partir dessa data, Valéry dedica-se basicamente à escrita dos *cadernos*. Se eles começaram como a possibilidade de pensar tudo o que estava implicado no ato poético e depois se desdobraram para a matemática e a física, a atenção à biologia vai marcar progressivamente suas preocupações ao longo desses anos. Some-se a isso as constantes reflexões sobre a própria escrita, a consciência, a linguagem, entre tantos outros temas.

1900 Casamento de Valéry com Jeannie Gobillard. Apesar de não publicar, trava relações com muitos artistas e cientistas como Degas, Poincaré, Morisot, Rodin, Monet, Redon, Ravel, entre outros.

1912 Começo da escrita de *A jovem parca* que se estenderá ao longo de muitos anos e que também está na base dos poemas de *Feitiços*.

1914 Início de sua correspondência com André Breton. Escrita poética ganha força como forma de sobrevivência durante os anos da Primeira Grande Guerra.

1917 Depois de quatro anos de escrita de *A jovem parca* ela por fim é publicada, alcançando um inesperado reconhecimento. Valéry escreve conjuntamente "Aurora" e "Palma", que se tornariam, respectivamente, o primeiro e o último poema de *Feitiços*.

1918 Leitura de *O Capital* de Marx. "Eu sou um dos poucos que de fato o leram." Escrita dos poemas "O remador", "Ao Plátano", "A falsa morta" e "A Pítia".

1919 Republicação de *M. Teste* e *Leonardo da Vinci*. A notoriedade de Valéry cresce vertiginosamente: "Meus versos têm o sentido que lhes dão".

1920 Escrita de "O cemitério marinho" e conhecimento de uma das grandes paixões de sua vida: Catherine Pozzi.

1921 Publicação de *Eupalinos*. A forma diálogo, à qual ele voltará diversas vezes, nasce como uma ideia para controlar o tamanho do texto. Publicação de "Esboço de serpente".

1922 Publicação de *Charmes ou poèmes*, que depois se tornaria apenas *Feitiços*.

1924 Valéry se consagra como notável conferencista. Dessas conferências nasceram muitos textos que foram agrupados em *Variedades*, cujo primeiro volume é publicado nesse ano. Muitas críticas e revistas consagradas a Valéry. Publicação do *Caderno B 1910*.

1925 Eleito para a Academia Francesa de Letras. Torna-se membro da Comissão de Letras e Artes da Sociedade das Nações, que terá uma importância germinal para o que um dia viria a ser a Comunidade Europeia.

1929 *Variedades II.*

1931 Escreve "Ideia fixa", publica *Pièces sur l'art* e *Regards sur le monde actuel* e encena *Amphion*, musicado por Honegger.

1932 "Discurso em honra de Goethe" marca a preocupação de Valéry com um acordo franco-germânico sem o qual ele não via futuro para a Europa. Cada vez mais Valéry fala em nome da França e estabelece complexas relações com a necessidade de uma unificação nacional e europeia. Torna-se administrador do Centro Universitário Mediterrâneo.

1934 Mais um melodrama de Valéry com Honegger: *Semiramis.*

1936 *Variedades III.*

1937 Assume a cadeira de poética no Collège de France, lugar de maior prestígio para um pesquisador na França.

1938 *Variedades IV.*

1939 Início da Segunda Grande Guerra. Publicação de *Mélange*, que, junto com *Tel Quel*, é uma tentativa de dar uma amostra dos *cadernos*. Mesmo com a ajuda de uma secretária ele não consegue organizá-los: "Falta-me um alemão para terminar minhas ideias".

1940 Ocupação alemã. Escrita de *Meu Fausto*, diálogo com um clássico da literatura da Alemanha e com os horrores da guerra e da política. Curso sobre os *Cânticos espirituais* de São João da Cruz.

1941 Discurso sobre Bergson, que é visto como um ato de coragem contra a ocupação alemã, com a qual Valéry mantém uma difícil posição. Publicação de *Tel Quel.*

1942 Publicação de *Maus pensamentos e outros.*

1943 Problemas mais sérios de saúde. Publicação de *Diálogo da árvore* e *Tel Quel II.*

1944 Publicação de *Propos mes concernant* e *Variedades V.*

1945 Depois de uma vida entre três grandes guerras, Valéry morre pouco antes do armistício. De Gaulle lhe confere obséquias nacionais. Mesmo após sua morte, o reconhecimento público torna-se um difícil fardo para a recepção de sua obra. Como diria Borges: "A fama é uma incompreensão e talvez a pior".

**CADASTRO
ILUMI//URAS**

Para receber informações sobre nossos lançamentos e promoções, envie e-mail para:

cadastro@iluminuras.com.br

Este livro foi composto em *Minion* pela *Iluminuras* e terminou de ser impresso nas oficinas da *Meta Brasil Gáfica*, em Cotia, SP, sobre papel off-white 80 gramas.